U0015384

萌漫大話水滸傳

猛武松打虎景陽崗・霹靂火夜走瓦礫場

2

繪時光 編繪

Graphic Times 52

編　　繪　繪時光
文字創作　李銘　趙繼承

野人文化股份有限公司
社　　長　張瑩瑩
總 編 輯　蔡麗真
責任編輯　徐子涵
行銷經理　林麗紅
行銷企畫　李映柔
封面設計　彭子馨
內頁排版　洪素貞

國家圖書館出版品預行編目（CIP）資料

萌漫大話水滸傳 . 2, 猛武松打虎景陽崗 霹
靂火夜走瓦礫場 / 繪時光著 . 繪 . -- 初版 . --
新北市 : 野人文化股份有限公司出版 : 遠足
文化事業股份有限公司發行 , 2024.02
　面；　公分
ISBN 978-626-7428-11-5(平裝)

1.CST: 水滸傳 2.CST: 漫畫

857.46　　　　　　　　　　　113000429

本書原簡體中文版名為《萌趣水滸（全 7 冊）》，
由四川天地出版社有限公司出版。中文繁體字
版通過成都天鳶文化傳播有限公司代理，經四
川天地出版社有限公司授予野人文化股份有限
公司獨家出版發行，非經書面同意，不得以任
何形式，任意重制轉載。

 　萌漫大話水滸傳 (2)

線上讀者回函專用
QR CODE，你的寶
貴意見，將是我們
進步的最大動力。

野人文化　**野人文化**
官方網頁　**讀者回函**

出　　版　野人文化股份有限公司
發　　行　遠足文化事業股份有限公司 (讀書共和國出版集團)
　　　　　地址：231 新北市新店區民權路 108-2 號 9 樓
　　　　　電話：（02）2218-1417　傳真：（02）8667-1065
　　　　　電子信箱：service@bookrep.com.tw
　　　　　網址：www.bookrep.com.tw
　　　　　郵撥帳號：19504465 遠足文化事業股份有限公司
　　　　　客服專線：0800-221-029
法律顧問　華洋法律事務所　蘇文生律師
印　　製　凱林彩印股份有限公司
初版首刷　2024 年 5 月

第 9 章
霹靂火夜走瓦礫場

水滸人物檔案

霹靂火秦明
278

文化小百科

狼牙棒
277

歷史大揭密

秦明和花榮誰官大？
276

第1章

宋江私訪晁蓋

蔡京大怒催破案

話說楊志押運的生辰綱被劫，萬般無奈之下，他只好一走了之。老都管和虞侯醒來，各個叫苦不迭。
老都管一行人跑回梁中書府上，狠狠地告了楊志一狀。梁中書一聽，氣得七竅生煙。

都是白眼狼楊志搞的鬼！

楊志，我要把你碎屍萬段！

梁中書趕緊寫了書信，將情況上報給東京的太師蔡京。報信人很快到了太師府，蔡京一看書信也氣壞了。

蔡京的一紙公文到了濟州，濟州府尹接到這個任務後寢食難安。

果然，官府很快就派來長官，督促濟州府尹偵辦此案。

我是奉了太師的命令，要你務必在十日之內把賊人拿獲。

啊，拿獲賊人？那可不好辦啊！一點線索也沒有啊。

別跟我說客觀理由。七個棗販子，還有一個賣酒的，外加楊志，你要是不給抓起來，咱們都得玩完。

啊！這可如何是好啊。

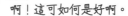

府尹趕緊找手下負責案子的人問話，那人正是何濤。

我自從接了這個案子，那是夜以繼日，廢寢忘食……

結果就是逮不到！

不聽過程，只看結果！

何濤

府尹一聽這還了得，案子不能破，上面就要我的命，
那我也不能輕饒了你們。府尹給何濤施加壓力，叫何
濤趕緊破案，不然就把他先治罪。

何濤也去催促手下辦案，可是哪裡有什麼頭緒。回到
家裡，妻子見他悶悶不樂，趕緊詢問緣由。

正說話間，何濤的兄弟何清來了。這何清生性好賭，
今天這是手頭緊了，跑哥嫂家來蹭吃蹭喝來了。

你不去賭錢，來我這幹嘛？

嫂子，你看我哥說的話。

啊，你哥遇到麻煩了，正心煩呢，你別鬧他。

何清

何濤妻子見多識廣，知道丈夫這個弟弟在外面認識的
人多。於是，留下他來好吃好喝招待。

今朝有酒今朝醉，明日愁來明日愁。喝！

我喝不下去啊。

你哥眼看要完蛋了，你可不能袖手旁觀。

我哥手下不是人多嗎，叫他們去破案。

嗨，那都是一群酒囊飯袋。

何清大大咧咧地說，這還不容易，這些小毛賊都在我掌控之中了。何濤一聽大驚。

原來這王家客店但凡住店的，都要進行登記，包括從哪裡來，到哪裡去，姓甚名誰等，都會詳細地記錄。正好這店小二不會寫字，叫何清去替他登記。

何清按照晁蓋說的給登記了，心裡雖然納悶，但當時也沒多想。第二天，店主帶著何清去賭博，走到一處三岔路口，只見一個漢子挑著兩個桶走過來。

白大郎，去哪啊？咱們玩兩把啊。

啊，我去賣醋。

這人是誰？

此人叫「白日鼠」白勝，是咱們的一個賭客。

哦，都不是無名之輩啊。

這何清是一個心思縝密之人，他知道前不久在黃泥岡發生了生辰綱被劫的事情。何清聯想了一下，心底就有數了。

哥，把白勝逮住一問

就知道怎麼回事了，還有晁蓋，他就是販棗那夥人裡領頭的。

何濤聽完弟弟的講述，心裡大喜，當即拉著何清就去見府尹。府尹聽了何濤兄弟的稟告，馬上派人去抓白勝。

白勝被捕供晁蓋

官差在何清、何濤的帶領下，很快趕到了安樂村，三更時分來到了白勝家，把白勝綁了起來。

你們私闖民宅，所為何事？

你在黃泥岡上做的好事，還不如實招來。

既然他不承認，就得搜查贓物。

什麼黃泥岡白泥岡的，放開我。

何濤叫人在屋子裡搜索，在床底下發現地面不平。眾人將地面掘開不到三尺深，就發現了一包金銀。白勝一看，頓時臉如土色。

看你還嘴硬嗎？

對，你說你怎麼有這麼多金銀的？

白勝被押解到濟州城，府尹對白勝大刑伺候。官差連打了他三四頓，打的那是皮開肉綻，鮮血迸流，但白勝還是不招。

府尹一琢磨也是，事不宜遲，他下令把白勝夫妻收監，派何濤帶著二十個精明能幹的官差去鄆城縣捉拿晁蓋。

務必一網打盡，這回咱們算是立功了。

放心吧，晁蓋插翅難逃了。

這一切都是秘密進行的，爲了保險起見，還把押解生辰綱的兩個虞侯也叫來，參加這次抓捕行動。

放心吧，我們認得那六個棗販子。

誰都不能走漏風聲。

何濤一行人星夜兼程來到鄆城縣，這些隨從全部安頓在客店裡，他只帶著一兩個隨從和公文，來到鄆城縣衙門前。

這就叫神不知鬼不覺。

這個時候縣衙已經退堂，門前靜悄悄的。何濤走到縣衙對門一個茶坊裡坐下喝茶等候。

縣衙怎麼這麼蕭靜呢？

啊，早班剛散，是你來得不巧。

何濤打聽這時是哪個押司值班，店家指著外面告訴何濤，是宋押司值班。何濤定睛一看，押司宋江正好從縣衙裡出來了。

話說這宋江還有父親在世，下面有一個兄弟叫「鐵扇子」宋清。

宋江在鄆城縣衙做押司，刀筆精通，喜歡武藝，平時喜歡結交江湖好漢。只要有人投奔他來，他都會仗義疏財。

宋江見何濤喊自己，趕緊過去一問究竟。

兩個人在茶坊落座，宋江跟何濤敘話。

何濤久聞宋江大名，一聽這話趕緊拜見。

兩個人客氣一番，重新坐下喝茶，宋江很是慷慨，點
了最好的茶招待何濤。

您太客氣了。

兩個人很快就開始談論公事了。

宋江看似漫不經心，實際上心裡一驚。他故作鎮靜，
跟何濤搭話。

宋江聽到晁保正的名字以後，大吃一驚。晁蓋是宋江
的心腹兄弟，他犯下了彌天大罪，這要是被抓去，性
命不保啊。

宋押司，
你怎麼了？

啊，茶葉沫
卡牙縫了。

何濤跟宋江打聽晁蓋的情況，宋江趕緊介紹情況，心
裡卻有了搭救晁蓋的打算。

沒事，這事容易，
就是甕中捉鱉，手
到擒來。

那晁蓋不是個東
西，這回一定將
他法辦。

這事就麻煩宋
押司了。

宋江推託說這件公事不小，得先跟縣官稟報，再按照
程序抓人，現在必須嚴加保密。何濤覺得有道理。

宋江起身，吩咐茶坊店主，茶錢全由自己結算。宋江
離開茶坊，馬上飛也似地跑到下處，吩咐手下人去茶
坊門前伺候。

❀ 宋江快馬訪晁蓋 ❀

宋江安排人穩住何濤，自己牽出馬來，飛身上馬，出了東門，打馬揚鞭而去。

駕！

宋江騎著快馬，沒半個時辰，就到了晁蓋莊上。莊客見了，趕緊進去稟報。

快去稟報晁保正，說宋江有要事！

這個時候，晁蓋正和吳用、公孫勝、劉唐在後園的葡萄樹下喝酒。「阮氏三雄」已經分完錢財回石碣村去了。莊客跑進來說宋江來見，晁蓋馬上一愣。

肯定有大事。

晁蓋慌忙出去迎接，宋江跳下馬來，簡單打了個招
呼，拉著晁蓋就往小房裡鑽。

宋江看近處沒有外人，趕緊說出緣由。

事情危急，你先別說話，我是拚著性命來救你了。黃泥岡事發，白勝已經被抓住，關在了濟州大牢裡，還供出了你們六人。濟州府的緝捕何濤帶人來抓捕你了。

啊，不會吧……

何濤現在被我穩住，你們趕緊逃命吧。你要是被抓了，可別怪我沒救你。

晁蓋一聽，頓時心潮起伏，心想這宋江兄弟真是太夠意思了。晁蓋感動的不行，把事情全盤說了出來。

這事是我們幹的，「阮氏三雄」回石碣村了，剩下的幾個人都在我這，賢弟先見一面吧。

什麼都不要說了，火燒眉毛了，你快跑吧。

晁蓋拉著宋江到了後園，把其他三人嚇了一跳。

宋江不敢過多停留，上馬而去。

晁蓋把宋江截獲抓捕他們的情報，飛馬來報信的情況
說給三人聽。

哎呦，這大恩人叫什麼啊？

「呼保義」宋江。

原來是「及時雨」啊，果然名不虛傳。

詩：不是宋江潛往報，
七人難免這場災。

晁蓋趕緊問吳用，下一步該怎麼辦。吳用提議先去石碣村找阮氏三兄弟會合，然後一同去梁山泊落草。

事不宜遲，
咱們抓緊出發。

吳用和劉唐把打劫得到的金銀珠寶裝好，一行人投奔石碣村而去。

再說宋江飛馬趕回住處，連忙來到茶坊裡，這時候何濤還在門前觀望呢。宋江暗暗發笑，趕緊帶著何濤去衙門報案。

你有所不知！晁蓋已經逃跑！

我們縣官上班了，咱們抓緊時間吧。

好啊，宋押司啊，你這人真好。

蔡京其人

　　楊志弄丟了梁中書給岳父蔡京賀壽的生辰綱，蔡京震怒，一紙公文下到濟州，嚇得濟州府尹寢食難安。其實歷史上的蔡京也確實不是個簡單人物。

　　蔡京非常有政治才能，是公認的「宰相之器」，曾先後四次任宰相，任期長達17年之久。可惜他把才能和智慧都用來玩弄權術、把持權柄、貪贓枉法了。宋徽宗後來的墮落與蔡京有莫大干係。為了自己能為所欲為，他引誘徽宗日益驕奢淫逸，《水滸傳》裡讓楊志陷入困境的花石綱就是蔡京的手筆。

　　而善於鑽營的蔡京一度權傾天下，黨羽遍佈全國。《水滸傳》寫了他在大名府任職的女婿梁中書、在江州的第九個兒子蔡知府、華州的門生賀太守等等，個個身居要位，且肆意搜刮民財貢獻給蔡京。當然，這些人物都是虛構的，蔡京沒有女兒，只有八個兒子，但寫他培植黨羽、搜刮財物卻是事實。

　　蔡京還是一個大才子，文章寫得好，書法更是一絕。《水滸傳》裡吳用也曾經提到：「如今天下盛行四家字體，是蘇東坡、黃魯直、米元章、蔡京四家字體。——蘇、黃、米、蔡，宋朝『四絕』。」北宋書法四大家「蘇黃米蔡」，其中的「蔡」最初就是指蔡京。後來名聲實在太臭了，才被移除，替換成了蔡襄。

原來是蔡京害我成了昏君啊！

話不能這麼說，要是您老英明，我也不會變這麼壞啊！

宋徽宗

蔡京

押司

文化小百科

宋江是鄆城縣的押司，何濤帶了公文到鄆城縣抓捕晁蓋等人，就找到宋江接洽公事，這才給了宋江私放晁蓋的機會。那麼押司是一個怎樣的官職呢？

押司被稱為押司官，實際卻不是官，而是屬於吏。宋代的官和吏可不是一回事，官是由中央統一任命的，稱為朝廷命官，領取朝廷俸祿，為朝廷服務。吏則是由官任命的，由官為他發工資，為官服務，地位低，待遇也低。

押司也就是衙門的書吏，主要負責整理案卷、起草文書等工作，大約相當於現在的秘書或行政人員。宋朝制度，一般一縣設有 8 個押司。宋江也就是鄆城縣的 8 個秘書之一。

押司雖然地位不高，但還是享有一定的特權。他們可以免除各種勞役、徭役等，而且供職達到一定年限後，只要經考核沒有過錯，就可以獲得做官的出身。這樣看來，宋江要不是私放晁蓋被發現，也算是未來可期呢！

我為晁蓋哥哥放棄了這麼多，要個梁山首領之位也不過分吧！

智多星吳用

星名：天機星
座次：3
綽號：智多星
職業：教書先生
武器：頭腦
梁山職司：掌管機密、軍師
外貌：眉清目秀、面白鬚長。絲鞋淨襪，一身秀才打扮。

主要事蹟：吳用原是鄆城縣東溪村的私塾先生，自幼與晁蓋交好，為晁蓋謀劃智劫生辰綱，被朝廷追殺時又智激林沖火拼王倫，助力晁蓋佔據梁山泊，之後梁山事業的每一步都離不開吳用的出謀劃策，江州劫法場救宋江、三打祝家莊、逼盧俊義上山、兩贏童貫、三敗高俅乃至招安後的南征北戰，吳用都屢獻奇謀，可謂最成功軍師。後宋江被害，吳用自縊於宋江墓前。

人物評價：吳用號「加亮」，一肚子神機妙算猶勝諸葛亮，如此自負，又怎麼甘心埋沒村肆、只做個教書先生？智劫生辰綱不過小試牛刀，追隨晁蓋、輔佐宋江，看似處處依附於人，其實事事都在他算計之中。只可惜他算漏了奸臣的陰狠，算漏了「兔死狗烹」的結局。

> 萬卷經書曾讀過，平生機巧心靈，六韜三略究來精。胸中藏戰將，腹內隱雄兵。謀略敢欺諸葛亮，陳平豈敵才能。略施小計鬼神驚。字稱吳學究，人號智多星。

> 吳用定然是上上人物，他奸猾便與宋江一般，只是比宋江，卻心地端正。

第 2 章
怒殺閻婆惜

謝宋江劉唐酬金銀

這天，宋江辦完公務走出縣衙，到對面茶坊喝茶。只見一個大漢很眼熟，於是趕緊出來跟著這個大漢。那個大漢正是「赤髮鬼」劉唐。只因為那天宋江送信的時候來去匆匆，所以感覺見過劉唐，卻又想不起來是誰。

進了酒館包間，大漢跪下便拜。宋江趕緊攙扶，問他究竟是誰。

見劉唐前來相見，宋江很是驚訝，趕緊詢問晁蓋等人近況如何。劉唐就一五一十地細說給宋江聽。

話說那日得到宋江的報信，晁蓋等人才得以逃脫。他們先去了石碣村跟阮氏三兄弟會合，後來何濤率領官軍殺到，雙方在石碣村大戰一場。

何濤被割掉了耳朵，疼得鬼哭狼嚎。晁蓋帶領大家投奔梁山泊。

晁蓋等人上了梁山，那頭領王倫本來就小肚雞腸，哪裡肯收留他們。吳用利用計謀激怒林沖，林沖一怒之下解決了王倫。自此，晁蓋率領兄弟七個，加上原來的林沖等人，一共十一個頭領在梁山泊落草為寇。

晁蓋做了梁山泊的寨主，心裡感念宋江的救命之恩。於是，他派劉唐拿著自己的親筆書信還有一百兩黃金，來感謝宋江和朱仝(tóng)、雷橫三人。

這麼機密的信，按理說應該看完馬上銷毀。可是宋江覺得當著劉唐的面燒掉信不太好，所以就把信放到招文袋裡保存起來。

宋江微微一笑，解釋說：「梁山泊現在正是用錢的時候，我家裡的條件還行，這金子先放在你們山寨。我要是需要的時候，就叫我弟弟宋清去拿。」

你看你這麼見外，我沒辦法交差。

你聽我分析，這金子不能亂給。

朱仝是富二代，不缺錢。那雷橫是好人，但是喜歡賭錢，他要是拿到金子，肯定一頓豪賭，到時候後患無窮啊。

好像有點道理，可是我怎麼跟寨主交待啊？

宋江見劉唐為難，就給晁蓋寫了一封回信。劉唐也是一個直爽的人，見宋江推託，也就依了他。酒足飯飽後，劉唐看天色晚了，告辭回了梁山泊。

賢弟保重。

大哥再見。

宋江送別劉唐，觀察左右是否有熟悉的人。他見行人很少，這才放下心來。正往前走的時候，聽到背後有人叫他。宋江回頭一看，是做媒的王婆引著一個婆子趕來。

押司，這家人好可憐，閻公得病死了，沒有錢送葬，現在停屍在家。

哦，你們兩個去巷口酒店裡借來筆墨，我寫個條子，你們去縣東陳三郎家取棺材吧。

我再給你們十兩銀子，快去辦理喪事吧。

哎呦，這可叫我們怎麼報答您好啊，恩人啊，我給您磕頭。

過了些時日，閻婆來感謝宋江。她見宋江獨身一人，就央求王婆把自己的小女兒閻婆惜嫁給宋江。宋江開始不答應，架不住媒婆的勸說，也就答應了這椿婚事。

這俗話說的好，男大當婚女大當嫁，人家閻婆惜是「十八的姑娘一朵花」。

那好吧。

王婆

閻婆惜怨嫁黑宋江

於是，宋江就在縣城西巷內置辦了一處樓房，還買了些生活用品，讓閻婆惜母女在那裡居住。生活條件好了，那閻婆惜很快就打扮得花枝招展、楚楚動人。

這正是借了姑爺的光了。

他還不是「無利不起早」，嫁給他，我委屈死了。

閻婆

閻婆惜

就這樣，閻婆惜嫁給了宋江。宋江工作繁忙，再加上自己與閻婆惜年齡相差很大，兩個人也沒有什麼共同語言，所以感情一直不好。

天天這麼晚才回家，那你乾脆別回來了。

唉呀，你要多理解，我得工作呀。

少來這套。

宋江有個同事叫張文遠，人稱「小張三」。這人跟著宋江到閻婆惜家喝酒，一來二去地兩個人好上了。宋江也聽到了風言風語，索性就很少再去閻婆惜那裡了。

一天傍晚，閻婆惜來找宋江，央求宋江回去住。宋江推脫不掉，被閻婆拉著衣袖強拽回家。

你別聽別人挑撥離間，我們娘倆都指望你呢。

眼不見，心不煩。

宋江拗不過，只好跟著閻婆回家。那閻婆惜以為是張文遠前來看望自己，非常高興地出來迎接。沒有想到來的卻是宋江，閻婆惜馬上就不高興了。

女兒，宋江來了。

怎麼是他，一見他就煩。

閻婆惜見是宋江前來，轉身返回樓上，對宋江很是冷淡。

閻婆見女兒和宋江鬧矛盾，極力從中調解。宋江被閻婆拉著上樓，閻婆惜也不搭理宋江。

閻婆拿了些銀子，出巷口買了一些鮮魚嫩雞和新鮮果子。她做了酒菜，端到桌子上。宋江低著頭不言語，閻婆惜也不搭理宋江，只顧自己看著窗外。

見女兒無禮怠慢宋江，閻婆連忙賠不是，還一個勁兒勸宋江喝酒。宋江勉強喝了半杯，閻婆不斷地給女兒使眼色，生怕女兒惹惱了宋江，斷了她們母女的財路。

閻婆勸說宋江，千萬別聽外面的人說三道四。閻婆惜心想，要是不把宋江灌醉，他還得煩我。於是，閻婆惜就勉強端起杯子喝酒。閻婆見女兒也喝酒，心裡十分高興。她生怕閻婆惜得罪了宋江，那樣以後的生活可就沒有著落了。如此一來，宋江沒有辦法離開，只能跟著喝酒。

卻說鄆城縣有個遊手好閒的人，叫做唐牛。宋江平時沒少接濟他，所以他有什麼事都要跑去告訴宋江。宋江要是有事，唐牛那是捨命幫忙。

這天，唐牛把錢輸光了，去找宋江想辦法弄點銀兩，好再回賭場撈撈本錢。

這運氣也太背了。

唐牛聽說宋江被閻婆請回家去，心裡很生氣。唐牛知道閻婆惜和張文遠的事情，替宋江打抱不平。他一路朝著閻婆家趕來。

這娘倆忘恩負義，欺負宋江，哼！

唐牛看見閻婆家沒鎖門，裡面燈火通明，就開門進來跟宋江打招呼。宋江看見唐牛，也想找藉口離開。宋江心領神會，馬上起身告辭。

閻婆非常精明，馬上攔住了宋江的去路。

唐牛還想幫著宋江分辨，結果閻婆破口大罵。唐牛還
要還嘴，早被閻婆一巴掌打下樓來。

那唐牛挨了打，要跟閻婆理論。誰料想閻婆叉開五指，照著唐牛的臉左右開弓，把唐牛徹底打傻了。唐牛吃了兩巴掌，趴在門外半天才緩過來。

經過這麼一鬧，宋江被揭穿了心思，更難以脫身了。
閻婆又勸了幾杯酒，就下樓歇息去了。

宋江心裡想，外面都傳言閻婆惜和張文遠在一起，我
倒要看看眞假。

兩個人各懷心腹事，誰都不說話。等到二更時分，閻婆惜朝裡睡下了。宋江見時辰不早，也困倦了，就把衣裳搭在衣架上，把壓衣刀和招文袋解下來掛在床邊欄杆上。

宋江越琢磨心裡越來氣，剛才的倦意也沒了。好不容易等到五更，宋江就起來，洗了把臉，穿上衣裳出去了。

真是沒有教養。

你罵誰？

宋江也不與閻婆惜爭論，自己下樓去了。閻婆聽到腳步聲，跟宋江打招呼。宋江出了門，順手拽上門，賭氣而去。

宋江起個大早去縣衙上班，走到門前見賣湯藥的老王頭來趕早市。

宋江坐下，老王頭端上來一碗醒酒湯。宋江喝著的時候，忽然想起來自己前段時間許給老王頭一口棺材的事來。

哎呀，我想起我的承諾來了。

這樣，我給你點金子，你去陳三郎家自己買一口棺材吧，以後我給你養老送終。

謝謝啊，你真是好人，我怎麼報答你啊。

宋江伸手去找招文袋，一摸腰間，卻發現招文袋沒有了。宋江腦袋頓時「嗡」地一下，整個人瞬間驚呆了。

完了，招文袋落在閻婆惜那裡了。晁蓋給我的書信也在裡面，我得回去取。

押司喝完再走啊。

宋江連連道歉，說金子落在了家裡，然後忙不迭地奔閻婆惜家而去。

可千萬別出事啊。

閻婆惜貪財失性命

那閻婆惜見宋江走了，心裡暗暗高興，就蓋上被子，打算再睡會兒。床前燈光明亮，照見宋江床頭欄杆上的招文袋。閻婆惜好奇，就順手打開招文袋。

閻婆惜感覺招文袋有點重，往桌子上一抖，掉出一包金子和一封書信來。閻婆惜拿起來一看，心裡樂得開了花。

哇，金光閃閃，晃瞎了我的眼！

閻婆惜把金子放下，發現了那封書信。閻婆惜是認得字的，打開書信讀了起來。

哎呀，這宋江原來是山賊啊。梁山泊的賊人給你一百兩金子啊，行，看我怎麼收拾你。

閻婆惜拿定主意，把金子重新裝好。這個時候聽到樓下有響動，閻婆惜知道是宋江回來了。

閻婆惜把東西都藏在被子裡，然後裝睡。宋江進門，直接去床頭欄杆上找東西。結果看見欄杆上什麼都沒有了，宋江心裡慌了。

宋江猜到是閻婆惜藏起了招文袋，就耐著性子跟閻婆惜討要。宋江表示只要你還給我招文袋，別說三件事，就是十件事也可以。閻婆惜冷笑著說出了三件事來。

閻婆惜見宋江步步服軟，越發得寸進尺，她接著說出了第三件事。

閻婆惜見宋江不肯馬上交出一百兩金子，就嚇唬宋江說要報官。宋江又氣又急，扯開被子搶奪招文袋。閻婆惜拼命護住，撕扯中，宋江一下子抓到了壓衣刀。

宋江怒殺閻婆惜，取過招文袋，燒了那封書信，然後下了樓。閻婆聽到樓上的動靜，不知道發生了什麼事情。

宋江起義始末真相

　　《水滸傳》的第一主角宋江，歷史上確有其人，宋江三十六人四處征戰，讓整個朝廷為之震動的事也實實在在發生過。

　　宋江起義大約發生在 1119 年中，起義的規模其實並不大，起義隊伍人數最多的時候應該也不過二百餘人。而且起義軍也並沒有長期駐紮在梁山泊，而是在河北起事後南下，經由山東逐漸至蘇北一帶。

　　宋江起義時南方的方臘起義也正如火如荼，徽宗最初並不想雙線作戰，曾下詔招降宋江，被宋江拒絕。歷史記載，宋江三十六人縱橫河朔，勢不可擋，宋朝官軍束手無策。於是徽宗接受了一個閒官侯蒙的建議，打算招安宋江，可惜還沒出發，侯蒙就去世了。小說也寫到了侯蒙，他稱讚宋江「才略過人」，極力在徽宗面前保薦宋江，還因此得罪了四大奸臣，這些描寫與歷史事實倒有些近似。

　　之後宋江等在試圖渡海回到山東一帶時，遭遇海州（今江蘇連雲港海州區）知州張叔夜的伏擊，戰敗後率隊投降。但也有人說是張叔夜成功說服宋江主動歸降的。無論如何，宋江等人後來確實被編入了朝廷正規軍。

　　另外，小說寫宋江等被招安後還成功平定了方臘起義。但從時間上來看，宋江等招安在 1120 年五月後，而歷史記載童貫討伐方臘的大軍 1120 年正月就已經出發，宋江等人應該是來不及參與征方臘的，看來不過是小說的演繹罷了。

其實我應該比宋江出名啊，怎麼倒成了配角！

方臘

宋江

招文袋

　　宋江把晁蓋給他的書信和黃金隨手放在招文袋裡，不料被閻婆惜發現，兩人糾纏之際宋江一時衝動殺死了閻婆惜。那這裡說的招文袋是什麼東西呢？

　　招文袋，又叫「昭文袋」，簡稱「昭袋」，其實就是一種掛在腰帶上的檔袋，多為正方形背帶式袋，通常用皮革或較厚的布帛縫製，內裝筆、墨、紙、硯、文件及其他雜物，多為文人使用，故取名「招文」，大概有祈願招來文思、文名之意。

　　古人的衣服大多沒有口袋，出行就須佩帶各種「囊」或「袋」。所以招文袋應該很早就有了，只是各朝代對它的稱呼不同。漢代稱「書囊」或「書袋」，唐代稱「算袋」。據說唐代官場盛行佩帶算袋，算袋幾乎成了官員的隨身標配之一。宋人才稱為「招文袋」，民間又叫「刀筆囊」，一直到明清都還在使用。

　　招文袋平常是繫在腰帶上的，宋江在閻婆惜處打算脫衣睡覺時就先解下了招文袋，不料匆忙離去時卻忘了掛回去，這才將自己送上了一條不歸路。

一定要記住，包不離手！

赤髮鬼劉唐

星名：天異星

座次：21

綽號：赤髮鬼

職業：私商

武器：朴刀

外貌：紫黑闊臉，鬢邊一搭朱砂記，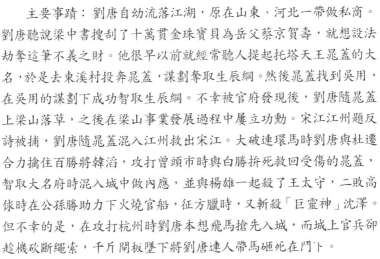
上面生一片黑黃毛。

梁山職司：步軍頭領第三位

主要事蹟：劉唐自幼流落江湖，原在山東、河北一帶做私商。劉唐聽說梁中書搜刮了十萬貫金珠寶貝為岳父蔡京賀壽，就想設法劫奪這筆不義之財。他很早以前就經常聽人提起托塔天王晁蓋的大名，於是去東溪村投奔晁蓋，謀劃奪取生辰綱。然後晁蓋找到吳用，在吳用的謀劃下成功智取生辰綱。不幸被官府發現後，劉唐隨晁蓋上梁山落草，之後在梁山事業發展過程中屢立功勳。宋江江州題反詩被捕，劉唐隨晁蓋混入江州救出宋江。大破連環馬時劉唐與杜遷合力擒住百勝將韓滔，攻打曾頭市時與白勝拚死救回受傷的晁蓋，智取大名府時混入城中做內應，並與楊雄一起殺了王太守，二敗高俅時在公孫勝助力下火燒官船，征方臘時，又斬殺「巨靈神」沈澤。但不幸的是，在攻打杭州時劉唐本想飛馬搶先入城，而城上官兵卻趁機砍斷繩索，千斤閘板墜下將劉唐連人帶馬砸死在門下。

人物評價：劉唐是真正的草莽英雄，但比之李逵似有多了幾分穩重柔和。一樣的性急如火，卻不似李逵殘暴；一樣的古道熱腸，卻比李逵頭腦更靈活。

勇悍劉唐命運乖，靈官殿裡夜徘徊。偶逢巡邏遭羈縛，
遂使英雄困草萊。鹵莽雷橫應墮計，仁慈晁蓋獨憐才。
生辰綱貢諸珍貝，總被斯人送將來。

第 3 章

景陽崗
武松打虎

武松结識及時雨

武松和哥哥生活在清河縣，有一次喝了酒，武松與本地的一個人起了爭執。武松脾氣暴躁，上去一拳就把人給打昏了。

武松以爲攤上了人命，趕緊收拾東西跑了。

我腳底抹油——
走爲上策！

武松東躲西藏，最後到了柴進柴大官人的莊上避難。
柴大官人行俠仗義，願意收留江湖好漢。武松剛去的
時候，受到了熱情款待。

這菜真不錯啊。

可是時間一長，武松嗜酒的毛病又犯了。而且每次喝完酒以後就鬧事，經常跟莊上的人動手打架。

武松一來二去地鬧，柴進心裡很不高興，招待武松的規格也就降低了許多。直到宋江的到來，武松才重新得到了柴進的尊重。

宋江和武松一見如故，宋江看武松穿著簡單，取出銀兩給武松做衣裳。

武松和宋江一起住了十多天，武松覺得自己離開家鄉一年多了，也開始想念清河縣的哥哥。他也聽說自己當初揍的那人並沒有死，所以不用擔心吃官司了。

柴進取出些金銀送給武松，武松表示了感謝。宋江跟
武松難捨難分，提出要送武松一程。

宋江和武松離開了柴進的莊上，走了七里路。武松跟
宋江道別，叫宋江回去。兩個人有說不完的話，不知
不覺又走了三里路。武松再次叫宋江回去，宋江指著
前面的酒店，表示哥倆應當再喝幾杯。

於是，二人又進了酒店，宋江點了好酒好菜，與武松推杯換盞。武松被宋江感動，跪地拜宋江為義兄。

賢弟請起。

哥哥受我一拜。

⌘ 醉酒過崗險遭難 ⌘

宋江終於止步不送了，武松含淚踏上了回家的路途。

江湖上一直
聽說「及時雨」
宋公明的名號，
今日得見，
名不虛傳啊。我武松與
這般弟兄結拜，不枉此
生枉啊。

武松在路上走了幾日，就到了陽穀縣的界內。這一天
晌午時分，武松走得又渴又累。行走間，看見前面有
一個酒店。酒店門前挑著一面旗子，上寫著五個字
「三碗不過崗」。

說的什麼意思呢？

三
碗
不
過
崗

武松到了店裡坐下，跟店主人要酒菜充飢。店主人拿了三隻碗、一雙筷子、一碟熱菜，一一擺放在武松面前。

店主人給武松倒了滿滿一碗酒，武松一飲而盡。

店主人很快就切了熟牛肉，武松喝得興起，端起第二
碗酒也喝了下去。

等武松喝下第三碗酒以後，店主人不肯賣酒給武松
了。

聽店主人這麼說，武松也想起門前的旗子來。武松詢問這幾個字是什麼意思？

我家的酒好，叫「透瓶香」。客人在我店中喝了三碗的便醉了，過不得前面的山崗啊。

瞎說！我喝完三碗啥事沒有。趕緊再給我來三碗。

武松吹鬍子瞪眼，非要繼續喝酒。店主人沒有辦法，只好再賣三碗酒給武松。

解渴！還要喝！

啊？！

店主人一看武松連喝了六碗酒，說什麼也不賣給武松
酒喝了。

就這樣，武松先後喝了十八碗酒，這才過了酒癮。店
主人驚得目瞪口呆，武松結帳以後起身就走。

武松拎著哨棒就走，店主人追出門來攔住武松去路。
見武松發怒，店主人趕緊解釋了原因。

店主人急得直跺腳，發誓自己說的話千真萬確。武松
哈哈大笑，不以爲然。

我說的話
句句屬實啊。

你可算了吧，
就是真有老虎，
我也不怕！
嘿，你這個店家，莫不
是想留我在你店裡歇息，
半夜謀財害命啊？

唉，良言難
勸你這該死的鬼！
我不管了。

店主人搖頭歎息著回店去了，武松提了哨棒，大步流
星奔景陽崗而去。

武松大約走了四、五里路，來到了景陽崗下，看見路邊有一棵大樹，樹幹被刮掉了皮，上面寫著兩行字。武松揉了揉眼睛，想看看寫的是什麼內容。

這肯定是店家的詭計，我才不怕！

近因景陽崗
大蟲傷人……

武松冷笑一聲，橫拖著哨棒上了景陽崗子。走了不到半裡路，看見一個敗落的山神廟，廟前門上貼著一張印信榜文。武松停下腳步仔細辨認。

哎呀，這是真有老虎啊？可是我回去以後，那店家不得嘲笑我啊，我可是要面子的人啊。

武松心下一橫，沒有返回酒店，徑直向前走去。武松
走了一會兒，酒勁兒上來了，感覺渾身燥熱，走路也
踉踉蹌蹌起來。

武松看見樹林裡有一塊大青石頭，就把哨棒倚在一
邊，躺在石頭上想要睡會兒。武松眼睛還沒閉上，只
見樹叢裡刮起一陣狂風。

除虎患武松揚名

狂風過後，只聽得亂樹背後一聲巨響，跳出一隻吊睛白額大老虎來。武松「啊呀」一聲，一下子從青石上跳了起來。那老虎又餓又渴，看見酒足飯飽的武松，馬上來了食欲。

老虎兩隻爪子在地上按了一下，藉力撲向了武松。武松一看，嚇得頭皮發麻，那酒勁兒瞬間就沒了。

武松敏捷地一閃，那老虎撲了個空。武松閃在了老虎的身後，那老虎看不見武松，把前爪搭在地上，腰胯一掀，武松見勢不妙，蹦起來再閃。

老虎兩招過後，沒傷到武松，心裡有點急了。它對著武松大吼了一聲，就像晴天霹靂一樣，震得地動山搖。

老虎把尾巴一豎，朝著武松甩過來，武松很靈巧地再次躲開。這老虎有點發懵，一撲、一掀、一剪，三招過後氣勢上就弱了一半。

老虎再次朝著武松撲來，武松雙手掄起哨棒，用盡平
生力氣，朝著老虎打了過去。

武松心裡著急，哨棒失去了準星。只聽得一聲巨響，把樹枝打了下來。只見老虎什麼事都沒有，武松的哨棒卻打斷了。

老虎以前吃人，都沒費這麼大勁兒，眼前的武松竟然還敢還手。老虎怒了，繼續攻擊武松。武松跳出十步遠，那老虎的兩隻前爪正好搭在武松面前。

武松一把揪住老虎腦袋，一下子按了下去。老虎奮力掙扎，武松手上用勁，用兩隻腳朝著老虎的面門和眼睛一頓亂踢。

什麼情況啊？有人敢欺負老虎！

我打打打！

老虎哪裡受得了這個啊，不但沒吃上食物，還挨了一頓胖揍。只見老虎咆哮起來，身底下扒出兩堆黃泥，直接弄出一個坑。武松一看，一下子把老虎的嘴巴按到黃泥坑裡去了。

早知道這樣我就不扒坑了。

武松抽出右手來，掄起鐵錘般的拳頭，對準老虎的腦袋就是一頓猛打。打得老虎的嘴巴、鼻子、耳朵都迸出了鮮血。不一會兒工夫，老虎就徹底不行了。

我……
我不行啦！

武松看老虎不動彈了，還不放心，找到打折了的哨棒，使勁又打了一回，終於把老虎給打死了。

不打幾下，
我不放心啊。

行了，都沒氣了
你還打啊。

眼看著老虎一動不動了，武松才把半截哨棒丟下。他本來想把死老虎拖下山岡，無奈渾身已經一點力氣沒有了。

辛虧就一隻老虎，這又是再有半隻，我可真打不動了。

武松拖著疲憊的身體往景陽岡下走，走了不到半裡路，只見枯草中又鑽出兩隻老虎來。武松一看，心裡叫苦不迭。

我天，剛打完一隻，又來兩隻，我真沒勁兒了啊。

兩隻老虎看見武松，竟然站了起來。武松心想，這老虎難道成精了不成。正驚訝之間，老虎說話了。武松仔細一看，原來這兩隻老虎是人披著虎皮假扮的。那個人告訴武松，他們是本地的獵戶。

嘿，你膽子不小啊，敢自己上崗？

你們假扮老虎，結果嚇我一跳！

壯士，現在景陽崗出現一隻厲害的老虎，晚上出來傷人，都吃了好多人了。

本縣的知縣叫我們抓老虎，可我們根本不是老虎的對手啊。壯士，你從崗上下來，看見老虎沒有？

我是清河縣的武松，剛才路過景陽崗，遇到那隻老虎了，它被我一頓拳腳給打死了。

啊？你別鬧。

就是啊，我們這麼多人都打不過老虎，你一頓拳腳能打死老虎？

不信跟我去看看啊。

95

兩個獵戶趕緊召集十幾個大漢來，他們都拿著鋼叉和
刀槍。眾人跟隨武松來到景陽崗上，見那隻老虎真的
躺在地上死了，這才相信了武松說的話。

眾人把老虎抬起來，簇擁著武松下崗。早有人往崗下
報信，說了武松打虎的壯舉。

第二天，眾人帶著武松前去縣衙請功。武松把知縣賞賜的錢財分給了各位獵戶，大家都很高興。知縣看武松儀表堂堂，就把武松留下來，讓他在陽穀縣縣衙做都頭。

打虎英雄知多少

武松景陽崗打虎後一舉成名，打虎英雄的赫赫威名自此傳遍江湖。其實由於古代虎患比較嚴重，歷史上的打虎英雄可真是不少！

《水滸傳》寫武松景陽崗打虎時，有一聯形容猛虎的詩句：「卞_{ㄅ一ㄢˋ}莊見後魂魄喪，存孝遇時心膽強」，意思是卞莊和李存孝見了這隻猛虎都要害怕得心驚膽戰。而卞莊和李存孝就是兩個著名的打虎英雄。

卞莊，歷史上也稱為卞莊子，是春秋時期魯國下邑的大夫，他不但勇猛，而且有智謀。有一次卞莊看到一大一小兩隻老虎在搶著吃一頭牛，於是坐山觀虎鬥，等到小虎被大虎咬死、大虎也受了重傷時，才一躍而起擊殺了大虎。所以「卞莊刺虎」的故事主要渲染的是卞莊的智謀，就是要懂得等待最佳時機一舉消滅敵人。

李存孝則是五代時後唐的勇將，本名安敬思，存孝打虎的故事最早是出現在戲曲故事中，說後唐太祖李克用在雁門關打獵，恰好看到了安敬思一個人力戰猛虎的場面，大受震動，將他收為義子，賜名李存孝。

不過在《水滸傳》裡，這兩位都成了武松英雄形象的陪襯，後來小說寫李逵打虎時，也同樣搬出了李存孝。

你去打！

卞莊　李存孝

我不去！

都頭

　　武松打死老虎後被陽谷知縣任命為步兵都頭，朱仝、雷橫在鄆城縣也曾分別任步兵都頭、馬兵都頭。據歷史記載，都頭一職確實存在，不過跟小說裡寫的好像並不是一回事。

　　按宋朝軍制，軍隊編制有廂、軍、營（指揮）、都四個等級，其中「都」就是最小的軍事單位，一都僅有一百餘人。其中步軍「都」的領兵官稱為都頭、副都頭；馬兵「都」的領兵官則稱軍使、副兵馬使。所以只有步兵都頭一職，雷橫的「馬兵都頭」一職卻並不存在。

　　而且當時只有在禁軍等正規軍中才有馬兵、步兵之分，地方的土兵中並沒有。更何況都頭屬於軍職，也不可能隸屬於縣衙，由縣令任命和牽制。所以顯然小說所寫的「都頭」與北宋實際的「都頭」一職並不是一回事。

　　小說所寫武松等人所任「都頭」，應該是指「班頭」。當時縣衙一般會有十幾個衙役，分兩個班，每個班的班長稱「班頭」。負責緝捕犯人的衙役又稱「捕役」或「捕快」，領班又稱「捕頭」。有些州縣會為捕快配備馬匹執行公務，稱「馬快」，步行的則稱「步快」。小說裡所謂馬兵都頭、步兵都頭應該由此而來。

說是都頭也好，聽著比捕頭高級！

說得也是。

俺名氣夠大了，不稀罕！

雷橫　朱仝　武松

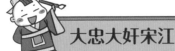

大忠大奸宋江

星名：天魁星

座次：1

綽號：及時雨、呼保義、孝義黑三郎

職業：鄆城縣押司

武器：仗義疏財，邀買人心

梁山職司：梁山泊總兵都頭領

外貌：丹鳳眼、臥蠶眉；兩耳懸珠、雙眼點漆；唇方口正、天庭飽滿；坐定如虎，動有狼形。

主要事蹟：宋江原為鄆城縣押司，晁蓋等劫生辰綱事泄後，宋江偷偷給晁蓋通風報信，使晁蓋等人順利脫逃。後晁蓋寫給宋江的感謝信被閻婆惜發現，宋江一怒之下殺死了閻婆惜，主動投案後被刺配江州。在江州宋江酒後題反詩被抓，梁山眾人劫法場救出宋江。攻打曾頭市時晁蓋被殺，宋江於是取而代之成為梁山頭領。自此宋江開始精心謀劃招安大計，三打祝家莊，逼反盧俊義，兩贏童貫，三敗高俅，最終迫使朝廷招安。招安後，宋江一心建功立業，帶領梁山軍南征北戰，征遼，滅田虎、王慶，征方臘，以梁山英雄的巨大死傷為代價為朝廷立下汗馬功勞。征方臘後，宋江加官進爵、衣錦還鄉，正當得意之時卻被蔡京等設計喝下毒酒。之後為避免自己死後李逵造反，宋江毒殺了李逵。

人物評價：宋江以「全忠仗義」自居，然而帶領梁山軍攻城掠地已是不忠，毒害李逵，義氣何在？說到底，「全忠仗義」口號而已，「仗義疏財」手段而已，不過是為自己一點「封妻蔭子」的野心罷了。

年及三旬，有養濟萬人之度量；身軀六尺，懷掃除四海之心機。志氣軒昂，胸襟秀麗。刀筆敢欺蕭相國，聲名不讓孟嘗君。

第 4 章

怒殺西門慶

❀ 武氏兄弟喜相逢 ❀

武松在陽穀縣縣衙當了都頭，在街上遇到了自己的哥哥武大郎。

武松一見自己的哥哥，喜出望外。兄弟二人分別很
久，彼此非常掛念。在這裡意外相逢，自然是十分歡
喜。

哥哥，你叫我想得好苦啊。

我怎麼沒看出來苦呢？
你是不是又給我惹禍了？

沒惹禍，我把老虎給打死了。

讓你賠錢沒？

武大郎和武松是親兄弟，但二人的長相卻大相徑庭。
武松是相貌威武，儀表堂堂，而武大郎身材矮小，被
人喚作「三寸丁穀樹皮」。

那時候有一口
好吃的，都讓
給我弟弟。

嗯，我吃得是太
多了，從個頭上
就看出來了。

原來自從武松惹禍離開家鄉以後，武大郎也娶了潘金蓮爲妻。因爲在老家受欺負，就搬到了陽穀縣，靠賣炊餅爲生。

炊餅，炊餅，熱熱的炊餅。

武松在縣衙當都頭，深得知縣信任。知縣家裡積攢了些錢財，想送到東京的親眷那裡，但一直苦於找不到合適的押運人選。武松是打虎英雄，知縣就召見武松，煩請他幫助護送。

感謝知縣大人提拔，下官一定盡心盡力。

武都頭，我有些重要的東西，需要運送到東京。

之前武松在哥哥武大郎家中小住的時候，知道嫂子潘
金蓮的品性。這次要出遠門，武松不放心哥哥，就帶
著士兵，預備了酒菜來和哥哥辭別。

武松叫人把酒菜擺上桌，陪著哥哥和嫂子喝酒。武松
第一杯酒敬的是哥哥武大郎。

武松的第二杯酒敬的是嫂子潘金蓮。武松暗示嫂子要恪守婦道，潘金蓮又氣又羞，當場就跟武松翻臉了。

武松辭別哥哥武大郎，兄弟二人難捨難離。自打武松出差以後，武大郎果然是牢記武松的囑咐，減少外出的時間。開始的時候，潘金蓮還埋怨幾句，時間一久，也就習慣了。

潘金蓮毒殺武大郎

這一天，潘金蓮見武大郎回來了，就去把支窗子的竹竿拿下來。不想一失手，竹竿正打中了樓下路過的西門慶頭上。

西門慶家裡開著個生藥鋪,他從小就是一個奸詐的人,近年來有錢了,人們都叫他「西門大官人」。這西門慶自打那日遇見潘金蓮,就念念不忘。於是,他找到了貪財的王婆,給了她十兩銀子,請她幫忙與潘金蓮相見。

王婆見錢眼開,很快就把二人撮合到了一起。西門慶和潘金蓮每日背著武大郎見面,很多人都知道了,只有武大郎一個人還被蒙在鼓裡。

風言風語很快就傳遍了，陽穀縣有個賣水果的郓哥，他聽說西門大官人每日去王婆那私會潘金蓮，也想賣他點水果，就一路跟了來。不想遇到王婆的阻攔，水果沒賣成，還被王婆一頓毒打。

郓哥被打，哭著去找武大郎告狀。武大郎一聽，心裡十分氣惱。二人商議一起去捉拿西門慶和潘金蓮。

兩人回到武大郎家中，鄆哥糾纏王婆，使勁用頭把王婆頂在牆上，讓她動彈不得，還叫武大郎闖進門去。王婆大叫「武大來了」，西門慶嚇得躲在床底，潘金蓮頂著門不叫武大郎進來。

西門慶，平時你那本事呢，一個紙老虎都能把你嚇得瑟瑟發抖。

被堵住了。

西門慶受到了潘金蓮的鼓勵，鑽出床底開門。他朝武大郎飛起一腳，武大郎個矮，這一腳正中心窩。武大郎「哎呀」一聲，口吐鮮血倒地不起。

疼死我了！

見西門慶動武，鄆哥嚇得趕緊逃跑。街坊四鄰都懼怕西門慶，任由他揚長而去。王婆慌忙叫出潘金蓮，把武大郎攙扶回家。武大郎重傷在家，潘金蓮不管不問，照舊每日出去見西門慶。武大郎強忍疼痛，跟潘金蓮談了一次。

潘金蓮一句話不說，轉身就走，見到王婆和西門慶，
就把武大郎的話學了一遍。西門慶一聽武松的名號，
頓時害怕了。潘金蓮不動聲色，王婆卻給出了一條毒
計。

王婆叫西門慶從藥店拿了砒霜，當天夜裡，潘金蓮給
武大郎服下。不一會兒，毒性發作，可憐的武大郎一
命嗚呼。

西門慶給了負責收屍的何九叔十兩銀子，叫他幫著掩蓋真相。何九叔看到慘死的武大郎，又發現潘金蓮在假哭，何九叔生怕惹禍上身，假裝中了邪倒地，眾人只好抬著他回家歇息。

誰都不能惹，那我就躲吧。

何九叔。

何九叔為了自己不引火焚身，偷偷在火化武大郎屍首的時候藏了兩塊骨頭。
潘金蓮在家裡給武大郎設置了靈堂，每日裡卻和西門慶飲酒作樂。他們之間的關係，鬧得人盡皆知，只是街坊鄰居害怕西門慶，沒人敢多說什麼。

哈哈哈哈—

話說武松離家兩個月以後返回陽穀縣，把知縣交待的
任務出色完成了，得到了知縣的賞賜。武松有點神思
不安，身心恍惚。

怎麼心裡不舒服
呢？我得去看我
哥哥去。

武松趕緊換了新衣服，奔哥哥武大郎家而來。兩邊的
鄰居看見武松，都嚇了一跳。

他們怎麼這麼看
我，哪裡不對勁？

完了，這回
有好戲看了。

武松到了哥哥家，撩起門簾進屋。一眼看見靈牌上寫著「亡夫武大郎之位」，武松一下子呆住了。

等武松看清楚這眞是哥哥武大郎的靈位後，他就大聲叫著嫂子。那潘金蓮正跟西門慶在一起，聽到武松大喊，西門慶從王婆家後門溜了，潘金蓮假裝哭著下樓。

嫂子，
武二回來啦！

面對哭哭啼啼的潘金蓮，武松問個不停。

嫂子別哭，我哥哥什麼時候死的？因為什麼死的？吃了哪個大夫的藥？

我哥哥沒有這病啊？怎麼得的心病？

啊，你走二十天左右，你哥哥心臟不舒服，沒吃過藥，得急病死了。

隔壁的王婆一聽，生怕潘金蓮應付不過來，趕緊跑來
幫著打圓場。

我哥埋在哪裡？

啊，已經火化了。

誰給火化的？

啊，是何九叔。

不用你多嘴！我嫂子
不會說嗎？

武松不再言語，回到縣衙叫來士兵，武松買了香燭和
紙錢，晚上回來給哥哥武大郎守靈。

哥哥，你要是冤死
的，一定托夢給我。

❀ 武松怒殺西門慶 ❀

晚上，武松睡夢中，看見武大郎從靈床底下鑽了出來。

第二天，武松在酒店請來何九叔。武松怒目而視，何九叔心裡害怕，知道武松是為了冤死的哥哥而來的。

何九叔早有準備，拿出了西門慶賄賂自己的十兩銀子，還有武大郎的兩根骨頭。

你哥是中毒而亡的，這骨頭是證據啊。

你是好人啊。

你嫂子的事情鄆哥清楚，他還和王婆打了一架。

武松很快就找到了鄆哥，鄆哥一五一十把和武大郎一起捉拿西門慶和潘金蓮的事情說了。

事情就是這樣……

你們兩個跟我一起去縣衙一趟。

武松帶兩個人證去知縣那告狀，誰想到西門慶財大氣粗，暗中賄賂了知縣。知縣先是拖延，然後就是和稀泥，想把事情平息了。

武都頭，你別聽外人挑撥，西門慶是有愛心的慈善家呢。

好吧，那我不告了。

武松叫了幾個士兵，幫著採買祭奠的用品，還張羅了酒席。武松這是想自己解決這件事，他內心謀劃好了，開始一步一步實施計畫。那潘金蓮早都得到了消息，知道武松告狀不成，所以膽子也大了起來。

哼，你沒證據，能把我怎麼樣？

等著好戲開場吧！

武松請了一些街坊鄰居來，王婆也在被邀請之列。武松表示自己想招待鄰居們吃頓飯，算是答謝大家。
武松殺氣騰騰，這酒席氣氛非常緊張。武松叫士兵把前後門都給堵了，看來今天這是場「鴻門宴」啊。

吃了一會兒酒，武松叫士兵把酒席撤下。鄰居們很高興，以為可以結束了，武松突然伸手攔住了大家。

各位高鄰，冤有頭債有主，今天請你們來做個見證。誰要是著急先走，武松只能用刀子送他上路了。

啊，我們不忙，不忙。

不怕，咱們攻守同盟。他鬥不過咱們。

武松左手一把抓住潘金蓮，怒目而視瞪著王婆。武松逼迫二人交待，那王婆嚇得魂飛魄散，趕忙往潘金蓮身上推卸責任。潘金蓮見武松動真格的了，料想抵賴不過，就把謀害武大郎的經過說了。武松讓人一一記錄下來，讓王婆和潘金蓮按了手印。

王婆，你交待清楚怎麼殺害我哥哥的，只要實話實說，饒你不死！

都是王乾娘的主意啊。

我說還不行嗎？別嚇我！

這還能怪得了我啊，是你和西門慶勾搭的。

武松聽完了她們謀害哥哥的詳細經過，恨得咬碎銀牙，當場殺了潘金蓮。王婆嚇得匍匐在地，渾身抖得如篩糠一般。這些鄰居們嚇得不輕，卻誰也不敢擅自出去。只能在原地等候武松回來。

各位稍等，我去找那西門慶報仇。

武松奔著西門慶的生藥鋪來，西門慶不在家。武松就讓管事的出來說話。

問你個事。

你想活命嗎？

武都頭請講。

管事的一聽，再看武松身上的血跡，嚇得趕緊賠不是。

管事的一看武松的架勢，自知不說出西門慶的下落，武松這是真玩命啊，只好說了實話。

武松聽完，轉身就直奔獅子樓而去。嚇得管事的像釘
子一樣釘在了遠處，一步都挪不動了。武松來到獅子
樓，問店家西門慶在哪裡吃酒。店家不知道武松是來
尋仇的，就讓武松上樓了。

武松一腳踹開房門，二話不說，直奔西門慶而來。

二人在獅子樓上發生了打鬥，那西門慶雖然會些拳
腳，可哪是武松的對手啊。武松一個照面就把西門慶
提起來從窗戶扔下去摔死了，樓上樓下的客人嚇得四
散奔逃。

武松爲哥哥武大郎報了仇，自己去投了官。這件事情
驚動了整個陽穀縣。

知縣感念武松是條講義氣的好漢，又幫了自己不少忙，所以就在判刑的時候偏向了武松。這樣一來，武松就免去了死罪。

宋代的窗子是怎樣的？

那天潘金蓮把支窗子的竹竿拿下來，不料一失手，竹竿掉下去砸到了剛好路過的西門慶，才有了後來她二人合謀毒殺武大郎、武松怒殺二人為哥哥報仇的故事。那麼宋代的窗子是什麼樣的，為什麼還需要用一根竹竿支住呢？

唐代以前的窗戶還多是嵌在牆內的固定窗，像唐代最常見的窗戶叫直櫺窗，就是把一根根同樣大小的長形木條並排嵌在牆內，造型比較單一，而且窗子固定在牆上不能開合也不太方便。宋代以後的窗子造型才越來越豐富，這時比較流行格子窗，而且經常會帶有球形、錢形、梅花、萬字等各種裝飾，不僅美觀大方，採光條件也更好了。

為了防風，古人還會用東西把窗戶內側糊住，最初有錢人家就用絲綢或絹布糊窗，而普通人則多用麻布。紙張普及後才逐漸開始用紙糊窗，而宋代人們為了讓窗紙防雨，還嘗試使用一種用塗了一層桐油的油紙來糊窗。不過這只是富人家的奢侈做法，武大郎家應該還沒有這個經濟能力。

當然更重要的是宋代的窗子是可以開關的，一般是在窗子上部裝有合頁，從下部可以推開，然後用東西支住，也就是小說裡所寫的潘金蓮手裡掉下去的叉竿。武大郎家就是一般民居，可見開關窗在當時已經非常普遍。

誰能想到禍根居然是那扇窗子！

武大郎

官人

　　「官人」這個稱呼在《水滸傳》裡極為常見，稱西門慶作「西門大官人」，稱柴進作「柴大官人」，稱魯智深作「提轄官人」，甚至被魯智深一拳打死的鄭屠也被稱作「鄭大官人」。可見「官人」在當時是個很常用的稱呼。

　　其實，唐代以前只有有官職的人才能稱「官人」，到宋代，它才成了對男子的通用尊稱，無論身份、年齡，都可稱「官人」。柴進是皇族後裔，魯達軍官出身，他倆被尊稱為「官人」。而西門慶、鄭屠都不過市井商賈，社會地位並不高，只是財大氣粗就也被尊稱為「大官人」。另外小說裡王進還以長者身份稱呼史進為「小官人」，可見地位高的人對比他地位低的人、年長者對比他年紀小的人，也可以稱「官人」。

　　另外，古代妻子稱呼丈夫，也稱「官人」，大約有望夫成龍、希望丈夫能做官的意思。不過《水滸傳》裡，妻子通常稱呼丈夫作「大哥」，而丈夫則稱妻子「大嫂」，林沖、武大郎、楊雄等幾對彼此都是這樣稱呼的。

水滸人物檔案

行者武松

武松

星名：天傷星
座次：14
綽號：行者
職業：陽穀縣步兵都頭
武器：哨棒、雪花鑌鐵戒刀
梁山職司：步軍頭領第二位
外貌：身軀凜凜，相貌堂堂。眼光射寒星，彎眉如刷漆。胸脯橫闊，語話軒昂；心雄膽大，骨健筋強。

主要事蹟：武松是清河人，因誤以為在家鄉打死了人，到滄州投奔柴進，後得知當初「打死」的人只是昏迷了，決定回清河鎮尋找哥哥。武松路過景陽崗因打死猛虎備受鄉人稱頌，被陽穀縣知縣任命為都頭，在這裡又巧遇已遷居陽穀的哥哥武大郎。武大郎的妻子潘金蓮不守本分，在武松出差期間與西門慶私通，被武大郎發現後夥同西門慶毒死武大郎。武松回來後得知真相，一怒之下殺死潘金蓮、西門慶。殺人後武松刺配孟州，在孟州為幫助施恩醉打蔣門神，被蔣門神的後臺張團練等陷害後不得已血濺鴛鴦樓，從此流落江湖，後與魯智深相遇一同到二龍山落草。後來三山聚義打青州，武松一起加入梁山隊伍，在之後梁山的數次戰役中都屢立戰功，攻打大名府時扮行腳僧作內應，攻打東昌府時與魯智深智擒張清，征遼時擊殺耶律得重，征田虎時砍死沈安，征方臘時砍死三大王方貌。最後班師途中在六和寺出家，後至八十善終。

人物評價：武松為人爽直，行事磊落，一言一行都絲毫不沾染世俗之氣，金聖歎歎為「天神」，真恰如其分！（金聖歎）

武松雄猛千夫懼，柴進風流四海揚。自信一身能殺虎，浪言三碗不過崗。報兄誅嫂真奇特，贏得高名萬古香。

第 5 章

醉打蔣門神

進牢獄武松受款待

話說武松被官差押到了牢城營，十幾個囚徒都圍攏過來。

古人說，不怕官，只怕管。身在屋簷下，必須要低頭啊。

太有個性啦！

一會兒差撥到來，你得送點銀兩打點。

哼，我是一分錢沒有！

見武松態度如此強硬，囚徒們都紛紛搖頭。正說話間，差撥果然來了。

武松大義凜然，根本不把差撥放在眼裡。

差撥氣得揚長而去，囚徒們都替武松擔心。武松是一副無所謂的態度，囚徒們都好言相勸。

還是服軟吧，你鬥不過他們。

他如果回去跟管營說了，必然會害你性命。

不怕，文來文對，武來武對！

武松話音未落，只見三四個官差來找武松。囚徒們替武松提心吊膽，武松跟著他們到了點視廳前。只見那管營在廳上坐著，看著押上來的武松。

來人，按照規矩，新來的配軍要先打一百殺威棒。

我若叫一聲，就算不得男子漢。

哈！這小子找死啊！

管營

兩邊的軍漢見武松嘴硬，剛要動手。只見管營身邊站著一個白淨面皮的人，那人在管營耳邊低聲說了幾句話。

管營一看這武松是絲毫不領情，真像一塊石頭一樣硬啊。兩邊的軍漢低聲跟武松嘀咕。

武松的倔強把眾人都逗笑了，管營也無奈地笑了。

武松糊裡糊塗地被押回了牢房，眾囚徒紛紛猜測，覺得武松這下惹麻煩了。

這下你完了，這是要弄死你的節奏，都不稀罕打你了。

怎麼弄死我？

晚上給你吃飽喝足，然後就帶你去土牢裡弄死你唄。

他們真夠狠的啊。

到了晚上，果然見一個軍漢托著一個盒子進來。武松心想這是真想害死我啊，也罷，吃飽喝足再看他們怎麼對付我。

軍漢看武松吃喝完畢，就把碗碟撤回去了。不大一會
兒進來一個人，提著浴桶，叫武松洗浴。

請都頭洗浴。

你們現在弄死人
都這麼講究嗎？還得
洗乾淨了再下手！

武松舒服地洗了個澡，軍漢遞給他毛巾，幫助武松擦
拭乾淨，然後就提了浴桶走了。一晚上也沒人打擾武
松，武松睡了個好覺。

睡吧，啥時候
弄死再說。

第二天一早，武松醒來。早有軍漢服侍武松洗漱，還是好吃好喝地伺候。武松吃飽喝足，還被請到雅間喝茶。武松心想這也不是傳說中要弄死我的土牢啊。

他們害人之前都這麼折騰嗎？

從來沒有這麼客氣的啊。

看來他們是要狠狠地收拾你。

一連三日都是如此，武松有點憋不住了。

都頭，你要是嫌棄飯菜不好，我馬上給你調換菜譜。

你要是再給我這麼吃，不來害我，我真扛不住了。

武松逼迫軍漢說實話，表示你們這樣對待我，究竟想幹什麼。

難道你們是想把我餵胖以後再害死我嗎？

是我們老管營的兒子安排的，他使得一手好拳棒，人稱「金眼彪」施恩。

快去叫他前來見我，否則我就絕食！

軍漢趕緊通報，施恩跑出來看見武松便拜。

小弟久聞兄長大名，只恨沒有機會款待。

哎呀，我是無功不受祿啊。

施恩倒也爽快，說自己真有事想求武松，可是擔心武松身體不好，所以需要調養半年以後再說。武松是急性子，執意要施恩現在就說。

兄長還是調養生息為重。

你們天王堂前那個石墩，能有多重啊？

四、五百斤吧。

走，咱們去試試我的力氣。你就知道我身體什麼樣了。

❧ 武松托石顯神威 ❧

一行人來到石墩跟前，大家都不相信武松能夠搬得起來。但只見武松把那個石墩抱住，喊了一聲就抱了起來。然後往地裡一扔，砸進地裡一尺來深。圍觀的眾人都驚得目瞪口呆。

大家還沒緩過神來，武松又把石墩提了起來，朝空中扔出去，竟然扔出一丈來高。武松見石墩落下，順手就接住了。武松面不改色，眾人都驚訝得說不出話來了。

施恩這下相信了武松的非凡本事，於是一五一十地說
了所求之事。

東門外有一處市井，叫「快活
林」。那裡本來是我的地盤，可
是最近張團練帶來一個叫蔣忠的
人，身材高大，號稱「蔣門神」。

哦……

「蔣門神」武藝了得，尤其
擅長相撲。

因為搶奪地盤和生意，施恩與「蔣門神」交手，不想被
打得兩個月沒起來床。礙於張團練那一幫人，施恩父
子也只能忍氣吞聲。這次遇到了武松，施恩才想求他
出手相幫。

143

武松一聽哈哈大笑，決定幫助施恩教訓這個「蔣門神」。

施恩叫出父親，兩人好一番勸說，武松才沒馬上出發。施恩和武松交談甚歡，二人結爲兄弟。

哥哥，受小弟一拜。

要不我先去揍「蔣門神」，回頭咱倆再拜不遲。

隔一日，武松收拾停當，用一小塊膏藥把臉上的犯人金印貼上，準備出發。施恩爲武松準備了良馬。

我不騎馬，我要走著去。賢弟，你依我一件事。

行！

咱們去打「蔣門神」，遇著酒店你就請我喝三碗酒。

施恩聽完武松的話，心裡暗暗想著，這一路上到快活
林十四、五里地，算算賣酒的人家也有十二、三家
吧。

賢弟，你算什麼呢？

十二、三家酒店，一家店裡吃三碗
酒，得有三十五、六碗酒呢，這酒
喝完了，大哥是不是該睡覺了？

哈哈，賢弟是怕我喝酒誤事啊。
你是不知道啊，哥哥我是喝一分
酒便有一分本事，不然我在景陽
崗如何打得過那老虎？

施恩一聽，心裡還是半信半疑。

哥哥，咱家有
上等的好酒，這
樣，我帶著僕人備
好酒菜怎麼樣？

行，我不挑酒，
有酒勁兒就行。

就這樣，施恩和武松離開安平寨，走了一段路後，看見路邊有家酒店。那兩個擔酒拿菜的僕人已經等在那裡，武松一見非常高興。

三碗酒喝完，武松繼續起身趕路。僕人趕緊收拾器皿，到前邊等著去了。此時正是七月，天氣十分炎熱，武松喝點酒以後感覺挺舒服。

於是，武松又喝了三大碗好酒。施恩看著他，心裡很是擔憂，可是也沒有辦法勸阻武松。

武松是逢酒店必飲三大碗好酒，幾十碗酒就這麼喝了下去。眼瞅著前面到了快活林，施恩有點不自信了。

武松看快活林不遠了，就叮囑施恩不要再同行了。武
松一個人半醉半醒的狀態，感覺好極了。

看我這小步伐，那天打老虎就這種感覺。你們躲遠點，我給「蔣門神」打趴下，你們再過來。

武松醉打蔣門神

武松走進快活林，看見一個金剛大漢，正躺在交椅上，拿著拂塵在樹下乘涼。

這人肯定就是「蔣門神」了。怎麼找茬打他呢？

武松看見不遠處「蔣門神」的酒店了，店門口挑著招牌，上寫「河陽風月」四個字。酒店裡並排擺著三個大酒缸，「蔣門神」的小妾正在店裡面坐著。武松一看，想出了辦法。

對，我先去戲弄她一下，惹怒「蔣門神」。

武松踉蹌著進入酒店，往櫃檯對面一坐，不錯眼珠地
看著「蔣門神」的小妾。她聞到一股酒氣，轉頭不去看
武松。

聽見武松喊話，酒保趕忙跑過來。武松要了兩角酒，
拿起來聞一聞，皺著眉頭說酒不好。

武松幾次三番找碴說酒不好，惹火了「蔣門神」的小
妾。

武松聽到這倆人在罵自己，故意叫「蔣門神」小妾過來
陪自己喝酒，這下可把她給惹火了。

「蔣門神」小妾脾氣也很火爆，她推開櫃子，直奔武松而來。武松早就等著呢，一把抓住她，往酒缸裡一丟，只聽得「撲通」一聲，她直接沉入了酒缸。

酒保等人一看，這還了得，一夥人衝向武松。武松來者不拒，把他們都丟進酒缸裡。一夥人跟武松交手，都被打得屁滾尿流。酒缸裡的人更是醜態百出，喝得直翻白眼。

不遠處的「蔣門神」聽到了動靜，大吃一驚。在他的一畝三分地上，還沒有敢鬧事的。「蔣門神」奔過來，撲向武松。武松早有準備，朝著「蔣門神」飛起一腳，把「蔣門神」一腳踢得蹲下了身子。

「蔣門神」一抬頭，武松又一腳踢在他的額角，「蔣門神」慘叫一聲，倒在地上。武松沖上去，一腳踩住他的胸脯，掄起拳頭便揍。原來這兩腳非同一般，都是武松的真功夫，叫做「玉環步」和「鴛鴦腳」。

連老虎都被武松給打得稀巴爛，現在「蔣門神」哪裡受得了，只能趴在地上拼命喊著饒命。

武松見「蔣門神」真扛不住揍了，說出了三件事來。

武松說第二件事,讓「蔣門神」去請快活林有頭有臉的
英雄豪傑,讓他們都要給施恩面子。武松說出第三件
事,叫「蔣門神」連夜離開快活林,否則見一次打一
次,直到打死為止。

施恩這小子真不是東西,
找人給我揍得這個疼啊。

依不依?

我依!

我聽明白了,三件事其實就
是一件事,都是施恩搞的事。

依不依?

我依!

武松這才不再打「蔣門神」了,「蔣門神」現在是鼻青臉
腫,脖子都歪了,額角鮮血直流,看上去好不狼狽。

我一招都沒出,
就被揍成這樣,
你是誰啊?

哼,別說是你,
就是景陽崗上的那
隻老虎,我也是三
拳兩腳就完事。

啊?這傢伙
是武松啊。

見武松打趴下了「蔣門神」，施恩帶人趕到，把快活林重新收了回來。

武松教訓了「蔣門神」，叫他趕緊收拾行李滾蛋。「蔣門神」早都嚇破了膽子，連夜離開了快活林。

「蔣門神」是什麼意思?

歷史大揭秘

　　小霸王施恩被蔣忠搶了地盤,向武松求助。據施恩所說,蔣忠九尺來長的身材,還有一身好本領,所以江湖人送他一個綽號,叫蔣門神。那這個綽號是什麼意思呢?

　　門神其實是古代民間信仰的神靈,人們把門神的畫像張貼在門扇上,保佑家宅平安。曾經被古人奉為門神的名人很多,我們最熟悉的則是唐代的兩位著名勇將——秦瓊和尉遲恭。相傳有一年唐太宗突然生病,徹夜不能安睡。於是他命秦瓊和尉遲恭手持武器把守在門外,當天夜裡唐太宗果然睡了一個好覺。為了能讓兩位將軍長期守在門外,唐太宗就讓人把兩人的畫像貼在了門上。後來民間紛紛效仿,秦瓊和尉遲恭於是成了人人敬奉的門神。

　　門神的畫像大多形象雄偉,他們手持各種武器,或坐或立,怒目圓睜,表情兇惡,看樣子就憑他的表情和氣勢已經足以讓各種邪祟嚇破膽了。所以江湖人稱蔣忠為蔣門神,就是說他身材高大,面目兇惡,為人霸道,且有一身好本領讓人人見之喪膽。

　　當然了,門神是人們心中的吉祥之神,他是專門擊殺惡人、保護善良百姓的。而蔣忠這個「門神」卻正相反,一味欺壓良善、為非作歹。

你也配叫「門神」?又兇又壞!

不好意思丟了門神的臉!

武松

蔣門神

兩角酒是多少？

武松到蔣門神的酒店想找茬教訓下蔣門神，於是先要了兩角酒，聞了聞就大喊著不好不好，要求換酒。那你知道兩角酒是多少嗎？

古代的量酒器有石、鬥、升、斛、角等幾種。角，應讀作ㄐㄩㄝˊ，原是一種盛酒器，據推斷這一名稱可能與原始先民最早多用獸角盛酒水有關。商周時期，「角」多用青銅製成，圓底大口，多為錐形，三足，有蓋子。後來作為盛酒器的「角」雖然逐漸被取代，但作為量酒單位卻一直保留下來了。

宋代出售散裝酒時多以角或升來計量。按照漢代的制度，1角酒相當於4升，而1升當時是205毫升，所以1角也就是820毫升，相當於一斤多酒。不過宋朝的情況又有所不同，當時用來舀酒的「角」大小不一，大的有一斤，小的則只有半斤。而且宋代的製酒技術還比較落後，當時的酒應該還是黃酒，只有十幾度，度數很低，以武松的酒量而言，兩角酒實在只是牛刀小試。

有人曾經根據北宋出土的酒碗推算出當時一碗酒大概有四兩多，醉打蔣門神前武松已經吃了差不多四十碗、十六七斤酒了，所以此時的他明顯是醉翁之意不在酒，要這兩角酒只是為打蔣門神找個藉口而已。

石　　　　　鬥　　　　　升

斛　　　　　角

文化小百科

小霸王施恩

星名：地伏星

座次：49

綽號：金眼彪

身份：恩州小管營、二龍山頭領

外貌：六尺以上身材，白淨面皮，三柳髭須。

梁山職司：步軍將校第六位

主要事蹟：施恩是孟州牢營管營之子，人稱「小管營」，在快活林開了一個酒肉店，依仗父親的勢力，稱霸快活林，後被蔣門神打敗趕出快活林。武松刺配孟州，施恩處心積慮結交武松，借助武松之力打走蔣門神，奪回快活林。後來武松血濺鴛鴦樓殺死張都監一家，施恩被牽連流落江湖，後到二龍山投靠武松，三山聚義後也一起投靠梁山。攻打昆山時，施恩不識水性，落入水中淹死。

人物評價：施恩其實與蔣門神本質上並無不同，一樣的仗勢欺人、巧取豪奪，區別僅在於施恩成了武松的朋友，並跟隨武松成了梁山的一分子。至於他結交武松，也非意氣相投，而是別有所圖，實在有負武松的義氣相向。

第 6 章

大鬧飛雲浦

張都監調離武都頭

武松在快活林醉打「蔣門神」後，轉眼間一個月過去了，已經到了深秋。

這一天，店門前來了三個軍漢，牽著一匹馬，他們進店裡詢問武都頭在哪裡。

施恩心裡想，張都監是父親的上司，父親都要聽他調遣，現在他特意叫人來找武松，只能讓武松去了。

武松跟隨軍漢上了馬，一直到了孟州城。武松在張都監宅前下馬，到廳前參見張都監。

武松一聽，趕緊參拜，表示自己願意來這裡工作。

張都監親自安排了酒菜，武松喝得大醉。張都監安排
人收拾了一間耳房，叫武松安歇。

第二天，張都監派人去施恩處，把武松的行李也拿了過來。自此，武松與張都監一家同住，就像親人一樣。

哥哥要多保重。

嗯，張都監對我就像春天般溫暖。

張都監叫裁縫給武松做了秋衣，武松心裡感激得不行。

真是遇到貴人了，這樣對待一個囚徒，張都監這人真好。

武都頭，不准提自己是囚徒。

武松在張都監這裡住著非常舒服，張都監什麼事情都答應武松。有人送武松金銀和財物，武松就買了個柳藤箱子，把東西都鎖了起來。

這一年中秋，張都監在後堂深處的鴛鴦樓下安排了宴席，把武松也叫去喝酒。

武松剛落座，發現張都監的女眷都在席上。武松不是沒眼色的人，吃了一杯酒，就要告辭。

你去哪裡啊？

恩公，夫人宅眷都在，小人應該回避。

都是一家人啊，客氣什麼？

這……我是個囚徒。不合適吧？

不准提囚徒，這裡沒有人敢歧視你。

武松簡直有點受寵若驚，只好勉強坐下。張都監叫大家一起給武松敬酒，喝著喝著，張都監提議大家換成大碗喝酒。

來人，換大碗喝酒才痛快。

好。

武松進生死危局

酒過三巡，武松就有點半醉了。酒上了頭，他也就忘了禮數，只要有人敬酒就痛飲。

沒事兒，當初打老虎，我喝了十八碗。打「蔣門神」時，我喝了三十多碗。

哈哈，厲害啊。

張都監看大家喝得盡興，叫丫鬟玉蘭來唱曲。那玉蘭
生得漂亮，唱曲也好聽。玉蘭姑娘一曲唱罷，張都監
指著玉蘭給武松做媒。

武都頭，
玉蘭聰明伶俐，通曉
音律，如果你不嫌
棄，找個好日子，你
們結婚吧。

哈哈，你別客氣。
我既然把話說了，
你就別推辭了。

哎呀，下官
不敢。

玉蘭

當時大家又飲了十多碗酒，武松感覺酒勁兒上頭，起
身告辭，回屋歇息。

不行了，我得
去歇息了。

不忙，再喝
一碗。

約莫三更時分，武松正要睡覺，忽然聽到後堂裡一片叫聲。武松細聽，是有人在喊抓賊。武松機警地提著哨棒，大踏步衝進花園裡尋找賊人。

恩人對我如此好，後堂有賊了，我必須要去救護。

賊人哪裡走？

武松找了一圈也沒有看到賊人，不想黑影裡扔出一條板凳，武松被絆倒。七八個軍漢一擁而上，把武松摁倒後捆了起來。

是我，你們抓錯人了。

抓住賊人啦！

武松如何喊叫也無濟於事，這些軍漢好像不認識他一樣，把武松捆得結結實實，押到張都監的廳上。武松不斷掙扎，軍漢就拿棍子抽打他。

武松一聽張都監這麼說，腦袋嗡嗡直響，一時有點反應不過來。

武松不承認自己是賊人，張都監叫人搜查他的房間，
看武松有沒有贓物。眾軍漢押著武松來到住處，打開
柳藤箱子一看，裡面都是錢財。

張都監看人贓俱獲，對著武松大罵。張都監叫人把贓物封了，武松叫苦不迭，心裡這才知道是中了張都監的圈套。原來從張都監招他進府開始，一張大網就撒開了。

武松被押解到知府，張都監早都打點好了，知府見到武松就喝令使勁打。

這個賊囚徒，都給他挨個試試，狠點打。

大人，你不問我犯了什麼罪嗎？

問什麼啊，都在這擺著呢。

那我招了還不行嗎？

傢伙都搬上來了，不打不是白搬了嗎？

武松一看，這就是故意的，爭辯也無用。好漢不吃眼前虧，我就招了吧。

誰都別打我，我承認，這一切都是我幹的。

好吧，那你說。

是這麼回事兒，這個月十五，我看張都監家好東西不少，就半夜起來給偷回來了。

知府一聽很高興，也不打武松了，把他押進死牢裡。他怕武松跑了，讓人給武松的雙腳鎖上鐵鍊子，雙手也捆得牢牢的。

張都監真是「笑面虎」，吃人不露牙。

施恩聽說了武松遭人算計的事，急得跟父親商議對策。老管營分析，武松的罪過不至於被判死罪，所以必須上下打點，先把性命保住再做其它打算。

施恩拿著銀子來找管事的康節級幫忙，這個康節級倒也爽快，把知道的真相都告訴了施恩。

原來這個叫葉孔目的人知道武松是一個好漢，硬是拖著不肯判死罪，這樣的清官真是少之又少啊。

施恩在康節級的幫助下，三入牢房與武松見面。張團練那邊也有心腹之人探聽消息，得知施恩進入牢房，就向上面彙報。

武松的案子前後拖了兩個月，葉孔目去知府那裡彙報案情。知府這才知道是張都監接受了「蔣門神」的銀子，串通張團練陷害武松。

他們賺了銀子，叫我去害人，我也不管了。

這樣就把武松成全了，關押到了第六十天，知府判武松脊杖二十，刺配恩州。

哼，弄不死我就好，等我緩過手來再說。

兩個官差領了牒文，押解武松上路。武松的二十脊杖
打得不重，老管營花錢買通關係，葉孔目剛正不阿保
護武松，知府知道武松冤枉，也懶得去追究。武松忍
耐著怒火，出了城來，走到不遠處遇見施恩。只見施
恩腦袋上包紮著，手臂也斷了，武松趕緊問他出了什
麼事。

原來，自從武松被抓以後，「蔣門神」又回到了快活
林。他仗著自己的本事，開始瘋狂報復施恩。

施恩本想在酒店招待一下武松，但兩個官差態度很是
惡劣，就是不同意。

看見兩個官差拿出公事公辦的態度，施恩只好抓緊時間跟武松告別。施恩給武松準備了兩件棉衣，煮了兩隻熟鵝，掛在武松的行枷上。

施恩辭別武松，哭著回去了，武松笑著朝施恩揮手。

武松和兩個官差走了幾里路，官差悄悄商議著什麼，
被武松聽到了。

武松心裡冷笑著，提高了警惕性。他的右手釘在行枷
上，左手卻能夠行動自如。武松從枷上取下熟鵝，邊
走邊吃起來。

✿血濺飛雲浦✿

約莫走了八、九里地，武松吃完了熟鵝，兩個官差越發地不耐煩。

> 照你這麼走，猴年馬月才能到達西……恩州啊。

武松看見前面路邊，出現了兩個拿刀的人。

> 咱們歇息一會兒吧。

> 真煩人，再走一段吧。

那兩個人跟著武松他們一路走，武松偷眼看了一下，
發現兩個官差和拿刀的人擠眉弄眼，說了些暗語。

又往前走了一段路，只見前面都是河流。五個人走到
一條板橋上，一座牌樓上寫著「飛雲浦」三個字。

武松走到橋上，突然站住，朝著官差喊要解手。那兩
個拿刀人，做賊心虛，被武松這一嗓子嚇了一跳。

武松趁兩個拿刀人愣神的工夫，他快速近身，飛起一
腳，一個拿刀人猝不及防被武松踢中，頓時慘叫一
聲，翻著跟頭掉下水去。

另一個拿刀人還沒反應過來怎麼回事，武松一個轉身，一腳把他踢中。他慘叫一聲，也緊跟著跌入橋下。兩個官差本來以為四個人一起發力，殺死武松易如反掌，誰想到兩個幫手瞬間被武松給踢下橋去，兩個官差有點慌了。

185

武松大喝一聲，用力一扯，戴在脖子上的木枷就斷
了。官差一看魂飛魄散，轉身就跑。

武松追過去，掄起木枷結果了兩個人的性命。

那兩個拿刀人，在水裡掙扎起身，被武松抓住，拿刀
架在脖子上。

好漢饒命啊。

張團練、「蔣門神」都在張都
監家後堂的鴛鴦樓上吃酒，是
他們派我們來殺你的。

好惡毒啊，今天我絕對
不能放過你們！

武松在飛雲浦斬殺了四人，心裡越想越氣，提著朴
刀，奔回孟州城報仇。

別怪我
心狠手辣啦！

張都監權力有多大？

　　被武松打敗的蔣門神跑回去向後臺張團練求救，張團練於是拜託了自己的好兄弟張都監出面設計陷害武松，才有了武松大鬧飛雲浦的故事。為什麼張團練需要借助張都監之力除掉武松呢？是因為他的權力比較大嗎？

　　團練也就是團練使，在宋代只是一個虛銜，相當於現在所說的行政級別，只是確定一個人行政待遇級別的依據，不代表實際職權。所以張團練級別不一定比張都監低，但可能手中沒有可以運用的實權。

　　而都監是「都監押」的簡稱，就是指比較資深的監押。監押就是朝廷派駐地方的軍事長官，負責本地方軍隊的管理、訓練、差遣等事務。宋朝各路、州、府都設有監押，一般由武官充任，其中較為資深者皆可稱為都監押。不同層級的監押級別、職權相差很大。品級高者可達六品，低者只有從七品。

　　這樣說來，張都監其實級別並不高，但勝在手握實權，所以當他下令調走武松時，施恩父子也只能乖乖聽命。

管他是幾品，惹了俺武二，皇帝老兒也照打不誤！

武松

三更是幾點？

　　那天三更時分武松正要睡覺，忽然聽到後堂一片叫喊聲，武松趕緊拎起哨棒衝出去，沒想到中了張都監的圈套，被當作賊人抓起來了。那麼三更到底是幾點呢？

　　古人紀時方法很多，最早是根據天色的變化將一晝夜劃分為十二個時辰，比如太陽升起的時辰叫「日出」，太陽落下的時辰就叫「日入」，中午時分就是「日中」。後來也用十二地支——子、丑、寅、卯、辰、巳、午、未、申、酉、戌、亥來紀時，其中每個時辰相當於現在的兩個小時。

　　十二時辰中夜晚戌、亥、子、丑、寅五個時段就是古人常說的五更，一更就是戌時，也稱「黃昏」，相當於現在的 19 點到 21 點，依次類推，而三更則正對應子時，也就是古人所謂「夜半」時分，相當於現在的 23 點到凌晨 1 點。

　　武松那天喝酒聽曲，玩得興致盎然，所以一直到三更才剛要睡下，在古代來說，算是十足十的夜貓子了吧。

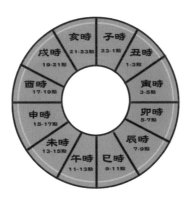

菜園子張青

星名：地刑星
座次：66
綽號：菜園子
身份：十字坡（黑）酒店
　　　店主
外貌：生得三拳骨叉臉兒，
　　　微有幾根髭髯

梁山職司：四店打聽聲息，邀接來賓頭領　　（西山酒店）

主要事蹟：張青與妻子孫二娘在十字坡開了一家黑店，日常靠打劫為生。武松刺配孟州，途中與張青不打不相識。血濺鴛鴦樓後武松逃難途中又被張青酒店中的人捉住，於是張青與孫二娘將武松扮作頭陀，躲避官府追捕，又推薦武松上二龍山落草。武松上二龍山後，屢屢寫信邀張青入夥，張青夫妻遂加入二龍山，三山聚義打青州後一同加入梁山隊伍。上梁山后負責在山下開酒店招攬英雄、打探消息。征方臘一戰在攻打歙州時，張青在亂軍中被殺。

人物評價：張青綽號「菜園子」，而張青其人也如同這個綽號一樣不起眼。他沒有過人的武力，開黑店劫財時衝在前面的通常是妻子孫二娘，落草後也沒有什麼亮眼的表現。他最成功的地方就是講義氣、有格局，在魯智深、武松落難時傾力相助，從而藉著二人的力量躋身一百單八將之列，徹底改變了自己的人生道路。

第 7 章

血濺鴛鴦樓

血濺鴛鴦樓

武松無法抑制滿腔怒火，趕往孟州城復仇。他進城的時候，已經是黃昏時分。

唉，還是自己道行淺，被張都監害得好慘。

武松悄悄來到張都監府上的後花園牆外，那是一個養馬的院落。武松在馬院裡藏了起來，這個時候，馬夫提著燈籠出來了。武松躲在黑影裡，一直等到一更的鼓響，那馬夫才填了草料，掛起燈籠，鋪開被褥要睡覺。

千萬別被發現，這樣就打草驚蛇了。

哎呀，太囉嗦了，趕緊睡覺吧。

馬夫

武松實在等不及了，躡手躡腳往外挪，不料一下子碰到門上掛的東西，發出「噹啷」一聲響。

小偷，老爺才躺下，你就來偷我衣裳，是不是找死？

糟糕！

張

武松也不敢答應，打算慢慢推門而去。誰知道那馬夫
脾氣很暴躁，蹦下床來，朝著武松撲來。

武松見走不掉，只好回身一把揪住馬夫。馬夫一下子
看清楚了武松，嚇得渾身篩糠一般，沒有了先前的囂
張。

武松知道不能留下活口，於是一刀殺了馬夫。就著燭光，武松解下施恩送來的衣服，趕緊換好。然後拿了朴刀，一步一步爬上牆來。

武松順著燈光明處走，看見廚房裡有兩個丫鬟，正在邊做湯邊抱怨。

這都忙了一天，還在喝酒，也不叫咱們休息啊。

真是臉皮厚，沒完沒了的。

丫鬟甲

丫鬟乙

武松推門而入，兩個丫鬟受到驚嚇。她們剛要張嘴喊人，武松手起刀落，殺了她們。

武松小心翼翼把燈火吹滅，慢慢朝裡走去。武松在這裡居住多日，對院子裡的環境十分熟悉。就這樣，武松一路來到了鴛鴦樓下。

武松摸上樓來，聽到張都監等人在裡面說話。武松聽得怒火萬丈。裡面幾個人談興正濃。

大人與小人報仇了，我還得重重地報答感謝。

不客氣，你是張團練的朋友，那也是我的朋友。

大哥就是仗義！

武松肯定死在飛雲浦了，這回大快人心了。

武松戴著枷鎖，四個人收拾他，他肯定完了。

弄死他才好呢，咱們喝酒。

氣死我啦！

武松心裡的無明業火頓時高出三千丈，他右手持刀，
左手一把撩開門簾，闖了進去。房間內的幾個人沒反
應過來是怎麼回事，愣愣地看著武松。

「蔣門神」距離武松最近，反應也最敏捷。他剛要掙紮
起來的時候，武松搶步上前，一刀砍去。

「蔣門神」躲避不及，被一刀砍中。武松的力氣太大，
連同那椅子一起砍翻了。

旁邊的張都監抬腳要溜，武松冷笑一聲，一刀砍倒了
張都監。

張團練是武官出身，精通武藝。看武松砍倒了兩個
人，知道走是沒用的，索性提起把椅子砸了過來。

武松抬手接住，然後猛地一推。張團練仰面摔倒，武松上前一刀殺了他。

武松連殺了三人，看到桌子上酒菜十分豐盛。他坐下來喝了好幾杯，然後用衣服蘸著鮮血，在白粉牆上寫了八個大字：殺人者，打虎武松也！

武松寫完血字，把桌上值錢的器皿收了幾件揣在懷裡。他剛要下樓，就聽到樓下張都監的夫人說話。

張都監夫人話音未落，有兩個人上了樓來。這兩個人，就是那天晚上帶頭捉拿武松的。兩個人看見滿地鮮血，再看武松在跟前，頓時嚇得不輕。

兩個人嚇得都忘了拔腿逃跑，被武松一刀一個砍翻在地。

武松提著刀，一步一步下樓來。張都監的夫人聽得樓上「咕咚」響了兩下，有些生氣，開始埋怨起來。

張都監夫人抬頭一看，只見是渾身鮮血的武松，嚇得魂飛魄散。

武松舉刀就砍，張都監夫人應聲倒地身亡。

武松餘怒未消，忽然發現燈亮了，只見丫鬟玉蘭，引
著兩個小丫鬟前來。玉蘭一眼看到躺在地上的夫人，
嚇得失聲驚叫。武松簡直殺紅了眼睛，見一個殺一
個，滿府上下凡是被他看到的，武松一個活口也沒
留，男女老少一共十五口都死在了他的刀下。

逃離孟州城

武松這才消氣，出了張都監的府門，奔著城牆而來。
這孟州城的土城城牆不算
高，武松直接跳了下去。

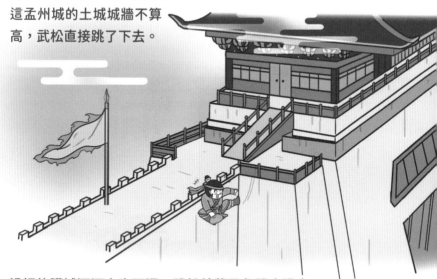

這裡的護城河河水也不深，武松趁著月色蹚水過去，
很快就離開了孟州城。

> 哎，此處不是
> 久留之地啊。

武松走了很久的路，天色朦朦朧朧還沒亮。武松這一夜拼殺，精神高度緊張，身體困倦不堪。

不行，我得找個地方歇息一下。

武松堅持不住了，看見一片小樹林，裡面有座小古廟。武松進了廟裡，解下包裹做枕頭，倒地就睡。

武松剛睡著，廟外面伸進來兩把撓鉤，一下子把武松鉤住了。然後，進來幾個大漢把武松摁住並捆綁起來。

武松被這幾個人連拖帶拉地弄到了村子裡，武松實在是困倦，索性也不再理會，只顧睡自己的。

走了五里路，到了一間草屋。這些人把武松推了進去，剝掉了衣服，把他綁在柱子上。

這個時候，外面走進來一男一女，這些大漢都叫兩人「大哥大嫂」。

張青夫婦伸援手

武松睜眼一看，見是哥哥「菜園子」張青和孫二娘夫妻，喜出望外。

原來張青的酒店在各地有很多分店，這裡也是他的一處買賣，張青趕緊叫人給武松鬆綁。

張青趕緊叫人準備酒菜，兄弟倆一起暢飲，敘舊。武松把當年拜別兄嫂以後發生的事情，一五一十地說了一遍。

……施恩……「蔣門神」……張團練……張都監……這些人名你們先記著，我給你們講故事。後面三個不用記也行，他們才被我殺了。

你怎麼成這樣了呢？

厲害啊！

真是說來話長啊。

武松講訴完畢，累得不行。那幾個捉拿武松的大漢，
趕緊賠禮道歉。

武松一聽，掏出包裹，取出十兩銀子，分給幾個人。

自此，武松就在張青和孫二娘家裡住了下來。

卻說那孟州城張都監衙內，也有人幸運的躲過了武松的鋼刀。他們當晚聽到動靜，嚇得不敢出聲。等天亮了，才跑到衙門去報官。

知府一聽趕緊叫人勘察現場，只見一共死了十五人，牆上還有武松的留言，這兇手馬上就鎖定了。很快知府又接到報案，說是飛雲浦橋下死了四個人。不用說，這又是武松所為。

這武松……殺人如麻啊。

給我搜捕武松。哎呀，幸虧那時候我沒參與這些人的陰謀。

武松在張青家裡躲避，外面緝拿武松的風聲可就緊了，現在已經從縣城開始往鄉村搜捕。眼見情勢危急，張青只好向武松如實相告。

聽從哥哥安排。

兄弟，不是我怕事，只是現在要挨家挨戶搜查了。我幫你找個地方，你去不去？

武松也不願意連累哥嫂，當下答應了張青的安排。張青見武松同意去二龍山落草，馬上寫了一封書信交給武松。孫二娘看了一眼武松的裝扮，搖頭歎息。

在青州有一座二龍山，山上有間寶珠寺，那裡有「花和尚」魯智深和「青面獸」楊志占山為王，你可以去那裡安身。

哦，我跟他們不熟悉啊。

我們寫信推薦，他們會給面子的。

武松兄弟出去就得被抓住。

不能，他臉上貼著膏藥，別人認不出來。

人家也不是傻子，你臉上貼著膏藥，一眼就看出來有事。

是呢，這可怎麼辦？

孫二娘笑了，給武松找出來一套頭陀衣物，讓他打扮
成出家道士的模樣。

武松收拾好了包裹，張青夫妻相送。

武松大步流星上了路，一路風塵而去，張青和孫二娘
讚歎不已。

好一個
行者武松！

歷史大揭秘

武松形象的歷史原型

　　武松形象的原型有人說是施耐庵的好朋友卞元亨。卞元亨是元末起義軍領袖張士誠的部下，曾追隨張士誠屢立奇功。據說他從小就臂力驚人，家鄉鹽城常有猛虎出沒，他為使鄉人免受虎患之苦，就曾一個人赤手空拳打死猛虎，而這段英雄事蹟被施耐庵寫進《水滸傳》，才有了武松景陽崗打虎的精彩故事。另外卞元亨還曾販賣私鹽，而他販鹽時的兄弟童猛、童威、王英等也都被寫進小說，成了一百單八將的一員。

　　不過也有人說武松的原型是杭州的一位叫武松的提轄。根據杭州地方的史書記載，北宋時杭州知府衙門有個叫武松的提轄，奸臣蔡京陷害當時杭州知府，武松也被牽連離開了衙門。後來蔡京的兒子蔡鋆接任杭州知府後禍國殃民，武松決心為民除害，於是身藏利器刺死蔡鋆，但自己不幸被捕，死在了獄中。百姓們就把他葬在杭州西泠橋畔，墓碑上題「宋義士武松之墓」以表紀念。而《水滸傳》寫武松結局，也說他最後在杭州六和寺出家，將武松最後的終老之地安排在杭州或許正暗示小說中的武松和杭州歷史記錄中的武松也有關聯？

　　據說施耐庵曾在杭州做官，他或者也聽過這個提轄武松的故事，說不定他是有意把這個武松的經歷和卞元亨的故事捏合在一起塑造了現在小說中的武松形象呢。

原來如此！

施耐庵

梁山好漢為什麼都要有綽號？

　　讀《水滸傳》的人，對梁山英雄留下深刻印象都是從記住他們的綽號開始的，這些五花八門、稀奇古怪的綽號是他們每個人最獨特的標識，也是我們瞭解每個人的一扇窗。那麼梁山好漢為什麼都要有綽號呢？

　　綽號也就是通常所說的外號，有些綽號比較雅致，就叫作雅號，文人們比較熱衷於給自己起雅號，比如陶淵明自號「五柳先生」，李白自號「青蓮居士」。也有的綽號比較俚俗，被叫作諢號，江湖好漢的綽號多屬於此類，他們的諢號多數情況下是別人送的，表達的是江湖人物對他們某一方面的認可或者讚賞。

　　宋代綠林好漢起諢名的風氣非常普遍。人們往往把好漢的特長、身份、品格或生理特徵濃縮成一個簡短的詞語來作為他的諢號，如「青面獸」楊志、「赤髮鬼」劉唐就是根據人物外貌特徵所取的諢號，而吳用號「智多星」、林沖號「豹子頭」則是就他們的能力而言，宋江號「及時雨」、李逵號黑旋風看的又是個人品性或性格。

　　對好漢們而言，綽號就好比是他們的個人廣告語，既表明了江湖對他們的認同，同時這樣濃縮著其個人品貌特徵的綽號也更容易給人留下深刻印象，更有利於他們江湖範圍內的聲名傳播，有助於他們在江湖上迅速揚名立萬。所以好漢們一定樂於被冠上各種諢名，甚至不排除他們會自己起一個諢名傳播出去。

看到我的紅頭髮了嗎？我叫赤髮鬼！

哇～

劉唐

母夜叉孫二娘

星名：地壯星

座次：67

綽號：母夜叉

身份：十字坡（黑）酒店店主、
張青妻子

外貌：「眉橫殺氣，眼露凶光。
轆軸般蠢坌腰肢，棒錘似粗莽手腳。厚鋪
著一層膩粉，遮掩頑皮；濃搽就兩暈胭脂，直侵亂髮。」（水滸傳）

梁山職司：四店打聽聲息，邀接來賓頭領（西山酒店）。

主要事蹟：孫二娘與丈夫張青在十字坡下開了一家黑店，武松
刺配孟州途中來店裡喝酒，她在酒中下了蒙汗藥，結果被武松識
破，將她打翻在地。恰好張青趕回，知道來人是武松，夫妻二人連
忙盛情款待。武松血濺鴛鴦樓後逃難途中又被張青酒店中的人所
捉，孫二娘得知武松處境就幫武松改扮成頭陀躲避官兵追捕。武松
到二龍山落草，不久她也與張青一起入夥，三山聚義後又同歸梁
山，仍開酒店為山寨做耳目。孫二娘潑辣勇猛，曾多次參與與官軍
的廝殺。攻打東平府時，她與扈三娘用絆馬索擒獲董平；三敗高俅
時又與顧大嫂一起喬裝成民婦混入高俅船廠燒毀戰船；征遼時與扈
三娘等攻打太陰右軍陣，打敗天壽公主；征方臘時作為副將隨盧俊
義出征，但在攻清溪縣時，她不幸被杜微用飛刀殺死。被追封為「旌
德郡君」。

人物評價：孫二娘號「母夜叉」，人如其名，為人粗魯潑辣，
手段兇狠，從裡到外都沒有一點女人味。但與人相交時不失豪爽，
衝鋒陷陣時不讓鬚眉，英豪之氣連丈夫張青在她面前都要相形見
絀。

第 8 章

大鬧清風寨

宋江遇劫清風山

宋江去清風寨投奔花榮兄弟，一路上只顧著抓緊時間趕路，卻忘了留意住宿吃飯的客店。天色晚了，前不著村後不著店的，宋江心裡不由得發慌。

哎呦，是我大意了。

越往前走，心裡越是慌亂。這時地上突然彈起一條絆腳索，把宋江掀翻在地。兩邊樹林裡衝出來十幾個嘍囉，把宋江綁了起來。

放開我！

放開我！

宋江被嘍囉們押到一個山寨裡，他在火光下仔細觀察，發現廳上放著三把虎皮交椅。

不一會兒，山上的大王們陸續都出來了。一個是「錦毛虎」燕順，一個是「矮腳虎」王英，一個是「白面郎君」鄭天壽。「矮腳虎」王英吩咐嘍囉們趕緊動手殺了宋江，挖出心肝來吃。

來人，趁熱把他的心肝取出來。

小嘍囉們把冷水潑到宋江臉上，就要動手挖心肝。宋江知道大難臨頭，只能仰天長歎。

等會兒再動手！

可惜我宋江今天死在這裡啦！只配給人做醒酒湯啊！

三個頭領一聽宋江自報家門，趕忙叫小嘍囉們不要動手。

你說你是宋江？

我就是宋江。

你是哪裡的宋江？

我是濟州鄆城縣做過押司的宋江。

哎呀，原來是山東「及時雨」宋公明，誤會啊誤會。

燕順確定了宋江的身份，趕緊讓人給他鬆綁，把宋江讓到中間的虎皮交椅上，三個人納頭便拜。

王英險些害了哥哥性命。

燕順有眼不識泰山。

鄭天壽給哥哥賠罪了。

什麼情況，反轉的太快，我沒做好心理準備。

宋江把之前的遭遇跟三個人說了一遍，燕順命人殺牛
宰羊，設宴招待宋江。宋江受寵若驚。宋江在清風山
受到了熱情接待，心裡卻惦記著去見花榮。燕順等人
捨不得放宋江走，一再挽留他。

大哥在我們這兒
工作算了。

對，大哥坐頭
把交椅。

我沒意見。

謝謝各位兄弟好
意，再住兩天我
就得告辭了。

這一天，宋江聽說王英劫了清風寨知寨的夫人，宋江以為是花榮兄弟的家眷，趕緊前去制止王英胡來。

王英兄弟，這是我兄弟花榮的妻子。

大王有所不知，清風寨有兩個知寨，武官是花榮，文官劉高才是我的丈夫。

你看，她不是花榮的夫人。

雖然認錯了人，但是好歹這也是花榮兄弟同事的夫人，必須得給點面子。就這樣，宋江救下了婦人。

給哥一個面子。

我不……

你別叫我大王，我不是在這兒占山為王的。

謝謝大王。

話說清風寨的知寨劉高，得知自己的妻子被土匪給劫走了，氣得火冒三丈。

這些士兵一看劉知寨真生氣了，硬著頭皮返回去。走到半路，就見兩個轎夫抬著轎子飛也似地衝了過來。

婦人得救後嚇得不輕，這些士兵跪下求婦人原諒。

劉高見夫人平安無恙地回來了，大喜過望，獎賞了手下的士兵。

宋江入清風寨

咱們再說宋江那邊，他在清風山住了一段時間，堅持要投奔花榮，於是就辭別燕順等人下山了。

哥哥保重。

太熱情了，我可得走了。

宋江獨自一個人背著包裹，晝夜兼程來到了清風鎮，打聽花榮的住處在哪裡。

清風鎮衙門在鎮市中間，南邊小寨是文官劉高的住宅，北邊小寨是武官「小李廣」花榮的住處。

老伯，請問花榮的住處怎麼走？

宋江按照指點來到了花榮的住處，二
人相見，都很激動，花榮見到宋江拜
了又拜。

兄弟二人見面有說不完的話，宋江把自己的遭遇跟花
榮說了一遍，花榮聽得十分動容，叫宋江就在清風寨
安心住下。

宋江在宴席上把在清風山上解救劉高妻子的事情說了。花榮一聽，皺起了眉頭。

兄弟，我還做了件好事呢，你同事的老婆，叫我給救了。

唉，哥哥真是多管閒事。

宋江聽花榮這麼說，心裡納悶。花榮搖頭，把原因說給宋江聽。

小弟在清風寨是副知寨，正知寨是劉高。他橫行鄉裡，亂行法度，真是令人髮指，可他還偏偏總管著我。

哦，雖然劉高不好，但是他妻子無罪啊。

花榮一聽宋江提劉高的夫人，氣更是不打一處來。

那婦人專門挑撥他
丈夫，幹一些不仁不義
的事情，殘害良民，
貪圖賄賂。

這事先
翻篇吧。

賢弟，冤家宜解
不宜結啊。

唉，哥哥，
你救她幹什麼？

宋江自此就待在清風寨，花榮每天都熱情招待他，還
叫手下人帶著宋江四處去逛逛。宋江挺會維護人
情，帶他出去的那些手下有什麼開銷，宋江一
律不用花榮的銀子，全部自費。這樣一來，
節省下來的銀子就歸了那些手下。

大家辛苦，我來
買單，省下的銀子
你們分了吧。

哎呦，您不
愧是「及時
雨」啊。

這一年到了元宵節，宋江跟著花榮的那些手下去觀賞花燈。元宵節的花燈非常好看，宋江玩得十分開心，不由得哈哈大笑。沒有想到這笑聲招來了災禍，引起了旁邊人的注意。

快看！
那邊有鰲山燈！

哈哈哈……

旁邊觀賞花燈的正是知寨劉高和夫人。那婦人聽見宋江的笑聲很熟悉，趕緊悄悄過來看。這一看不打緊，一下子認出了宋江來。

劉高一聽，大吃一驚，趕緊調派人馬，去抓捕宋江。

宋江自知不好，轉身就跑。眾人在後面追
趕，逃不多遠，就被軍士捉住了。幾個手下
看宋江被抓，趕緊跑回去向花榮報告。

宋江被押解到廳上，不承認劫掠劉高夫人的事情。劉
高的夫人從屏風後面走了出來，宋江一看心涼了半
截。

劉高叫人動刑，把宋江打得皮開肉綻，鮮血直流。

花榮那邊早得到了消息，趕緊寫信叫人去說情。劉高一看書信，更加氣惱了，原來花榮在信中稱呼宋江為劉丈。

清風寨文武知寨交鋒

花榮聽了手下彙報，知道事情不好。他披掛上馬，帶領士兵直奔劉高寨而來。門口的軍士阻攔不住，四散逃開了。

劉高哪裡敢出來，早就躲起來了。宋江被吊在房梁上，打得傷痕累累。花榮把宋江帶走，氣壞了劉高。

劉高不甘心，點了一、二百人，叫手下的教頭去花榮的寨裡搶人。

教頭會些拳腳，武藝不凡。他受到鼓舞，帶人堵在花榮的寨門口要人。花榮左手拿弓，右手拿箭，嚴陣以待。

花榮彎弓搭箭，一箭正中。眾人嚇得大驚失色。花榮
再次一箭命中目標，眾人被徹底震懾住了。

花榮拿出第三支箭，大聲說，這第三支箭要射隊裡穿
白衣的教頭心窩。教頭低頭看一眼自己，嚇得跳起來
就跑，眾人也跟著作鳥獸散。

嚇走了搶人的兵馬，花榮和宋江商議對策。爲了安全起見，宋江決定先行去清風山躲避。

教頭和士兵逃回寨裡，向劉高彙報了情況。劉高雖然不會武藝，可是腦子轉的挺快。

宋江本來就挨了毒打，行動很不方便，結果真被劉高判斷對了，在路上被教頭等人抓住。劉高大喜，連夜寫信飛報給青州知府。

這青州知府也不是什麼好人，看到劉高的書信後，大吃一驚。兵馬都監叫黃信，因為武藝高強，威震青州，所以有個綽號叫「鎮三山」。這三山就是清風山、二龍山和桃花山。

黃信點好兵馬，連夜來到清風寨。劉高很高興，跟黃
信一起密謀捉拿花榮的計策。

對，然後就來個
「甕中捉鱉」！

明天我擺下「鴻門
宴」，埋伏幾十人，我
假裝給你們調和關係，
把花榮哄騙過來。

第二天，劉高和黃信安排好了陷阱。

誰敢反抗就
殺掉算了。

都抓緊時
間彩排。

做到萬無
一失。

黃信只帶著兩三個隨從,去了花榮寨前。花榮並不知道宋江又被抓去了,聽說黃信來了,趕緊出來迎接。兩個人落座,黃信說明了來意。他假裝說知府聽說了花榮和劉高兩人不和,所以前來調解,想緩和一下雙方緊張的關係。

不等花榮拒絕,黃信就邀請花榮前去喝酒,還在花榮耳邊暗示會向著他說話。花榮就打消了疑心,跟著黃信去了。兩個人並馬而行,來到大寨赴宴。劉高早等在廳上,黃信提議大家暢飲起來。手下人偷偷把花榮的戰馬牽走,花榮還不知道這是對方的計策。

花榮放鬆了警惕，黃信給他敬酒，劉高給手下人使眼色。黃信突然把酒杯摔到地上，埋伏的人「呼啦」一下衝了出來，花榮猝不及防被摁倒。

看見宋江再次被抓，花榮就無話可說了。黃信和劉高都上了馬，押解著兩輛囚車，直奔青州府而來。

李廣是誰?

　　宋江的好兄弟花榮，人送外號「小李廣」，那麼你知道李廣是誰、花榮的這個綽號是什麼意思嗎？

　　李廣是西漢名將，歷史上赫赫有名的神箭手。據說他身材高大，手臂特別長，臂力更超乎常人。有一天傍晚，李廣外出打獵回來，風吹動路邊的草叢，李廣誤以為草叢中有老虎，就搭弓拉箭射了過去。第二天過來一看才知道射中的是一塊石頭，而箭矢竟然深深繫進了堅硬的石頭，可見李廣這一箭的力量有多大。神箭手的美名自此代代傳揚。

　　李廣一生以抗擊匈奴為己任，身經七十餘戰，屢次打敗強敵，匈奴人敬畏地稱他為「飛將軍」，聽到他的名字都會遠遠地躲開。可惜他似乎一生運氣都不太好，每次大型戰役要麼迷路遇不到敵人，要麼就遭遇強敵而因實力懸殊戰敗，結果戰場上的卓越表現都被他的過失抵消掉了。李廣與匈奴最後一戰，當時大將軍衛青命他領軍從東路出擊，而倔強的李廣卻執意擔任中路先鋒被衛青拒絕後賭氣帶大軍出發，卻不幸再次迷路，無功而返，當時已六十多歲的李廣心灰意冷，拔刀自盡了。

　　而《水滸傳》中的花榮，小說寫他能騎烈馬，擅長射箭，稱他「小李廣」就是說他的箭術不亞於神箭手李廣。而且花榮最後的結局是在宋江墓前自殺身亡，與李廣的結局也相同。這樣看來小說給花榮這個綽號可能也是暗示花榮重蹈了李廣一生的悲劇。

將軍真是神箭手啊！

李廣

宋代的元宵節俗

宋江來到清風寨後，花榮日日熱情招待。這天正趕上元宵節，宋江就跟著大家一起出來看花燈。小說藉著這個機會大寫特寫了一下清風鎮上元宵節的熱鬧場面：

「去土地大王廟前紮縛起一座小鼇山，上面結彩懸花，張掛五六百碗花燈，土地大王廟內，逞賽諸般社火。家家門前，紮起燈棚，賽懸燈火。市鎮上，諸行百藝都有。」

土地廟前把五顏六色的花燈層層疊疊堆成小山相似，稱小鼇山。家家戶戶門前也都搭起燈棚。土地廟內還有各種社戲，街市上也到處有各種雜耍表演，熱鬧非凡。

其實在宋代，元宵節已經稱為一個全民狂歡的重大節日，不但民間四處懸掛彩燈，皇帝也會走出深宮與民同樂。宋徽宗當政時就每年元宵都會親臨宣德樓觀燈。

《水滸傳》也寫了京都汴梁的元宵節，熱鬧程度自然更勝過清風寨，而且宋江等在李師師處見到徽宗，徽宗還順便交代了自己的節日活動：「寡人今日幸上清宮方回，教太子在宣德樓賜萬民禦酒，令御弟在千步廊買市」。就是說元宵節這天徽宗本人先到上清宮道觀祭祀，然後按照慣例還要到宣德樓觀燈、賜禦酒，但他這次讓太子代勞了。同時他還派了他的弟弟到長廊「買市」。所謂「買市」就是以買賣東西為名招徠小生意人，給與犒賞，是以促進市場繁榮為目的的德政。祭祀、宣德樓觀燈賜酒、買市，是徽宗皇帝元宵節的三項重要活動，而小說的描述非常真實，這些在宋代人很多記錄中都能得到證實。

文化小百科

小李廣花榮

星名：天英星

座次：9

綽號：小李廣

職業：清風寨副知寨

武器：銀槍、弓箭（箭法尤其高超，射遍天下無敵手。）

梁山職司：馬軍八驃騎兼先鋒使之首

外貌：身穿金翠繡戰袍，腰繫嵌山犀玉帶，唇紅齒白，俊眉朗目，身形矯健。

主要事蹟：花榮是清風寨的武知寨，與宋江交好。聽說宋江殺了閻婆惜流落江湖，就邀請宋江來清風寨小住。宋江在途中路過清風山，從王英等手上救下了清風寨知寨劉高的妻子。到清風寨後，宋江元宵節出門，被劉高的妻子認出，還唆使丈夫命人將宋江抓住拷問。花榮一怒之下射箭嚇跑劉高軍士，搶回宋江。劉高將此事報告給青州知府，知府派來黃信，設計抓住花榮和宋江押解青州，途中王英等人劫囚車救出二人。在宋江提議下眾人投奔梁山。梁山上花榮射雁令晁蓋對他的箭術大為讚賞，從此憑藉一張弓屢立戰功。攻打高唐州時射死薛元輝，攻打大名府時射殺副將李成，攻打曾頭市時射中曾塗救了即將中槍的呂方，第一次招安時因朝廷輕慢射殺朝廷使節，征遼時放箭協助關勝砍死兀顏光，征田虎時射死董澄、馮翊，征方臘時一箭射死王仁。平方臘後花榮被封為應天府兵馬都統制，宋江被害後，與吳用一起自縊於宋江墓前。

人物評價：花榮翩翩美少年，武藝超群，智勇雙全，金聖歎贊他「矯矯虎臣，翩翩儒將」，與武松堪稱雙壁。而且他心思純淨，對宋江這個朋友一片赤誠，始終如一，只是不知道城府太深的宋江對他是否有同樣的真心。

齒白唇紅雙眼俊，兩眉入鬢常清，細腰寬膀似猿形。能騎乖劣馬，愛放海東青。百步穿楊神臂健，弓開秋月分明，雕翎箭發逬寒星。人稱小李廣，將種是花榮。

第 9 章

霹靂火夜走瓦礫場

清風山群匪劫囚車

話說黃信和劉知寨把花榮和宋江抓住後，內心非常高興。
眾人浩浩蕩蕩離開清風寨，走了四十里路，就看到前面是一片樹林。只聽大鑼響起來，樹林裡埋伏著的嘍囉們衝了出來。

劉高是文官，一聽打仗頓時嚇得面如土色。

樹林中跳出三個好漢，正是「錦毛鼠」燕順和王英、鄭
天壽三人，他們攔住官軍的去路。

黃信冷笑，心想幾個山賊還敢跟官兵要錢，真是膽大
妄為。

我是官差……

官差不官差的我們不
管，拿錢！

我是「鎮三山」……

鎮幾座山跟我們一兩
銀子關係都沒有。

三千！抓緊時間！

黃信一看，今天是遇到對手了，既然對方不識好歹，那就不用客氣了。黃信叫左右士兵擂鼓鳴鑼，打算教訓一下三人。

見黃信衝了過來，燕順三人合力圍攻。黃信打了十個回合，漸漸抵擋不住。

黃信眼看著自己要吃虧，打馬就奔回清風鎮。陣前擂鼓鳴鑼的一看，丟下傢伙四散逃命。

兩輛囚車，就剩下劉高一個人看管了，劉高嚇得渾身篩糠一般，被小嘍囉掀翻馬下。燕順等人砸碎囚車，把宋江和花榮救了出來。

燕順把劉高押回山寨，宋江內心懊惱，迫不及待地要
收拾劉高。

劉高被押了上來，宋江一連串地發問，劉高還沒來得
及狡辯，早被花榮一刀殺了。

霹靂火秦明速攻清風山

再說黃信一溜煙跑回清風寨後，馬上召集人馬緊閉寨門。然後寫了求救的書信，叫人飛馬報告給知府大人。

您怎麼一個人回來了？

啊，我力戰三人，成功脫險。

跟你去的其他人呢？

具體不知道，估計現在都叫賊人給埋了吧。

知府很快收到黃信寫來的求救書信，看完以後也嚇得不輕。

花榮反了，這還了得，得趕緊抓人。

知府差人去請青州指揮司統制秦明，這秦明性格急躁，說話像打雷一樣，所以人送外號「霹靂火」秦明。

這秦明手使一條狼牙棒，有萬夫不當之勇。聽了知府召喚，馬上來見。

知府一聽大喜，趕緊安排酒肉乾糧，犒賞軍馬。秦明顧不上好好享用，吃了幾口就急匆匆上馬，非要馬上去捉拿花榮等人。

這秦明不容知府送行，率領人馬已經出了城門，直奔清風山而去。

清風山上的燕順等人，正在商議要去攻打清風寨，解救被困的花榮家眷。小嘍囉跑著來報，說秦明大軍殺到。

宋江和花榮等人沒有慌亂，趕緊商議對策。安排妥當以後，大家依計而行。

秦明領軍到了清風山下，擺開陣勢挑戰。雙方在陣前見面，秦明橫著狼牙棒，怒斥花榮。

二人話不投機，秦明舞動狼牙棒，花榮挺著長槍，兩個人棋逢敵手，殺得難分難解。

兩個人交手鬥到五十回合，難分輸贏。花榮看准機
會，賣個破綻，撥馬就往山下小路逃走。秦明大怒，
催馬追趕。

花榮把槍掛起來，拈弓搭箭，瞄著追趕他的秦明就是
一箭。這箭「嗖」地一下射中了秦明的頭盔，嚇得秦明
不敢再追。

花榮也是見好就收，帶著人馬散去。秦明率領兵馬開始攻山，走不多遠，山上滾木雷石往下打，秦明的士兵被打倒一片。

縮頭烏龜，
你們給我出來。

啊！

秦明脾氣暴躁，攻不上清風山，就到處尋找小路。山上的花榮等人也不正面交戰，派出小股軍隊進行騷擾。

太壞了。

報，他們在
後面射箭。

報，前面有
山賊。

261

秦明帶著人馬東一頭西一頭地迎戰，結果每次都撲空。

秦明一刻也沒閒著，打聽到東南方向有一條大路可以上山。他二話不說，連夜帶著人馬上山。

來到山下，人困馬乏，秦明下令安營下寨，埋鍋造飯。誰想到這邊剛點著火，山上就衝下來一夥山賊。

秦明氣急敗壞，率領兵馬迎敵。可是這夥山賊打個呼哨，四散逃走，轉眼就不見了蹤影。

抓不著山賊，秦明只好回馬下山。誰想到樹林裡亂箭射來，射傷了很多士兵。

山頂突然燃起火把，秦明一看，發現是花榮和宋江在那裡喝酒。

秦明挑戰，叫花榮下來廝殺。花榮勸秦明先回去，明天再打。秦明不聽，繼續罵戰。忽然聽得身後有賊兵偷襲，秦明的兵馬損失慘重。

秦明怒氣衝天，看見一條小路，撥馬就往上衝。走不多遠，連人帶馬一下子掉進了陷坑裡。

霹靂火秦明落草為寇

秦明掉進陷坑，被小嘍囉用撓鉤搭住，活捉上山了。
小嘍囉押著秦明到了山寨，五位好漢坐在聚義廳上。
花榮見秦明被綁著，趕緊給他鬆綁並賠禮道歉。

你這是什麼意思啊？

都是誤會。是小嘍囉們不懂事，冒犯了您。

秦明看見宋江，不知道他是誰，花榮給他做了介紹。

這位是我哥哥，鄆城縣押司宋江。

江湖上喚做「及時雨」宋公明的是他嗎？

正是在下。

哎呦，久仰大名！

宋江剛剛遭受毒打，腿腳不便，秦明打聽緣由，宋江就把事情經過說了一遍。

秦明感謝了山寨的好意，但還是執意要走。

不管秦明怎麼說，花榮等人就是不放秦明走。秦明生氣了，揚言你們不放我的話，殺了我也行。但五個好漢只是陪著他喝酒，秦明很快就喝醉了。

他喝多了，讓他先睡下吧。

秦明一覺睡到第二天上午才醒，跳起來趕緊洗漱。秦明要離開，好漢們在宋江的率領下，繼續勸他。

不行，我真不能當強盜，我有正式工作。

再喝點兒吧。

對，吃完晚飯再回去。

說什麼也不能再喝了。

費了好多口舌，花榮才把戰馬和狼牙棒還給秦明。秦明上馬就走，直奔青州城。

秦明打馬揚鞭，到了城外發現數百人家都被大火燒了，地上橫七豎八地死了很多人。秦明大吃一驚，不知道發生了什麼。

秦明跑到城邊，大聲叫著開門。只見吊橋被高高拽起，瞬間亂箭齊發。

放箭！

你們幹嘛？
我是自己人。

知府大人在城上大罵，秦明這才明白了怎麼回事。

反賊，你昨夜引人馬攻打城池，殺了好多百姓，還燒毀房屋，今天你又來了，真是可惡至極。

啊，那不是我。昨天晚上我在山寨喝多了……

哎呦，真是可惡，你跟賊人喝酒，串通一氣。

我怎麼感覺我跳進黃河洗不清了呢。

秦明還在辯解，但知府認為就是秦明
幹的好事。為了懲罰秦明，知府把秦
明的夫人給殺了。

呀呀，你們
這是幹什麼？

氣死我了，
我要殺了你。

只能你殺我
們，不能我殺
你家眷啊？

看見了吧，他
暴露了原形。

城上亂箭齊射，秦明只好撥馬回來。他越想越氣，迎
面看見宋江等人。

你們還有臉問我？
你們裝做我去燒殺
搶劫，害得我家破
人亡啊。

我們是誠心想
給您換工作。

哎呀，這麼巧啊，
您沒回青州啊？

走投無路的秦明只好跟著眾人上了清風山，秦明心裡
鬱悶，就是誠心挽留自己入夥，也不該濫殺無辜啊。

我們也是沒別
的辦法了，事
已至此，您就
別怪我們了。

唉，我的一世
英名啊。

秦明入夥，第一件事就是商議攻打清風寨，捉拿黃
信。這個秦明是有把握的，原來那黃信是秦明的徒
弟，自然會聽從他的安排。

投奔清風山
去吧，宋江
在那兒。

對。

就是叫張三的
那個人？

黃信歸順後，那清風寨自然不攻自破。

宋江一心想問問劉高的夫人，為何恩將仇報，陷害自己。

那燕順不容婦人解釋，一刀殺了她。

那知府寫了加急文書上報中書省，詳細述說了花榮、秦明和黃信謀反的罪行。上面派來了征討大軍，大戰一觸即發。

小清風山自然無法抵擋官府大軍，宋江建議大家去梁山泊落腳。於是，一行人收拾東西，直奔梁山泊而去。

秦明和花榮誰官大？

　　上梁山前，花榮是清風寨知寨，秦明則是青州指揮司的兵馬統制，同為軍隊主管，你知道他們兩個誰的官職更大嗎？

　　宋時朝廷在邊疆的要塞地區設立堡寨以加強邊境的防禦，堡寨的主管則稱知城、知寨或寨主，負責訓練士卒、強固邊境防守以及寨內收賦稅、斷訴訟等行政事務。小說中清風寨有花榮和劉高一武一文兩個寨主，應該是文官劉高負責行政事務，花榮負責訓練和管理軍隊。知寨的品級不高，一般是七品或從七品。

　　而秦明的統制一職則相當於地方的兵馬統帥。宋朝為了防止地方割據，有意分化兵權，中央設樞密院負責下令調派軍隊，又設殿前司等三個部門負責管理軍隊，但真正行軍打仗時負責帶軍的卻是各地方兵馬司的統兵官。統制也就是地方的統兵將帥，而在實際作戰時，還會設「都統制」一職作為幾個州軍隊的總統帥，比如呼延灼就是汝寧都統制，總領陳州、潁州兩州的兵馬。

　　不過都統制和統制的品級並不確定，有高有低，但秦明身為一州的兵馬統帥級別應該在花榮之上。

他官大也就罷了，為什麼在梁山的排位都比我高？

那也是我的手下敗將。

我優秀！

狼牙棒

霹靂火秦明領軍討伐清風山，他手使狼牙棒，勇猛非常，花榮則挺銀槍與之對敵，二人棋逢對手，殺得難分難解。而《水滸傳》中寫到的武器有近三十種之多，除了這兩種，還有武松的杆棒、楊志的朴刀、呼延灼的雙鞭、韓滔的棗木槊、樊瑞的流星錘、呂方的方天畫戟等。

中國古代通常把兵器分為十八類，人們常說的「十八般武藝」就是指十八種兵器。《水滸傳》第一回：「史進每日求王教頭點撥十八般武藝，一一從頭指教。那十八般武藝？矛錘弓弩銃，鞭鐧劍鏈撾。斧鉞並戈戟，牌棒與槍叉。」王進教給史進的十八般武藝就是指矛、錘等十八種武器。而每種武器還會不斷人為改造而衍生出不同的武器形制，所以現實中武器的類型當然遠超十八種。

狼牙棒就應該是「棒」類武器的一個變種，是一種打擊型兵器。狼牙棒由棒頭、棒柄、鑽三部分構成。棒頭呈橢圓形錘狀，錘面佈滿鐵刺，形似狼牙。棒柄有硬木製成，柄有長有短。鑽在棒柄底部，一般為鐵制，底部有尖，可以刺敵，也可以插入地面使棒直立。早在在春秋戰國時狼牙棒作為武器就已廣泛使用。

霹靂火秦明

星名：天猛星

座次：7

綽號：霹靂火

職業：青州指揮司兵馬統制

武器：狼牙棒

梁山職司：馬軍五虎將第三位

主要事蹟：秦明本是青州指揮司統

制，他的徒弟黃信押解花榮、宋江途中被王英

等所劫，秦明率軍圍攻清風山，結果掉進宋江等設下的陷阱戰敗被俘，投靠梁山。宋江為賺秦明入夥，故意讓人在青州城放消息說秦明已降，導致秦明全家被殺，秦明不得已投靠宋江等人，並說服徒弟黃信歸附。秦明隨眾人上梁山後，幾乎每次戰役都充當先鋒，戰功赫赫。攻打高唐州，秦明與花榮、林沖為前路先鋒，並斬殺溫文寶；打青州，秦明大戰呼延灼，打死慕容知府，攻破青州；迎戰童貫時，領正南紅旗軍，棒殺陳翥；征遼時打死遼國武將李集；征田虎時一人力敵張翔等兩員北將；征王慶時大戰五虎之一的袁朗。不幸在征方臘時與方傑對敵，遭暗算被殺。

人物評價：秦明性格急躁暴烈，戰場上真如一團烈火，氣勢洶洶，猛不可擋。但臨戰之時過於衝動，一味冒進，不暇用智又疏於防守，一生全敗在性急二字。

秦明坐下馬如同獬豸，狼牙棒密嵌銅釘，怒時兩目便圓睜。性如霹靂火，虎將是秦明。

心得筆記